抹不掉的影子

蔡丁耀　著

airiti press
華藝學術出版社

自序

寄居二崙十四年。前十年租住崙東村，後四年則住在崙西村自購原是果園的舊農舍。入夜一片寂靜，漆黑的田野不時傳來陣陣蟲鳴蛙鼓。孩子就寢後即習慣的伏案習寫，藉以消遣時間。期間曾幫內兄寫中國時報、中華日報、臺灣新生報、臺灣時報等地方新聞。久之，就工作中、生活裡見聞的事物，寫下個人的感觸、心得，同時也開始將作品投向各報章雜誌，並參與各項論文比賽，擴大閱讀層面，期裨益寫作的深度及廣度。閒暇之餘，將這些發表在報章雜誌的作品逐一剪貼成冊，偶爾起出閱讀，並作檢討與改進。

民國九十四年屆退眨眼已邁進第八個年頭，最近一次整理書櫃，突然看到許久未見的「心靈結晶」——剪貼簿，一股久逢好友的喜悅湧上心頭，逐一翻閱一番，猛然發現這些昔日的作品，絕大多數是午夜夢迴的教學情節及從事農務的寫實，也是一生中最最難忘的兩大生活主軸。

我生在農村，長在農村，深切體會農人的辛勞，因此，在寫作中農村生活這個區塊涉獵不少，至於教學方面則是服務教育工作四十六年中，前半段實際從事教學的深刻體認。後半段從事行政工作則鮮少動筆寫作。從這些作品當中可以窺見昔日農村生活及教育環境的真實面，與當前的情況真不可同日而喻，這也是摯友金川兄與曾素花兩位主任所以鼓勵我付印成冊的動力。

幾經思量決定將已在報章雜誌發表的作品中散文、童詩童話、親子樂融融、農事甘苦談等部分編印成冊，以見證時代的脈動與社會的蛻變，並獻給敬愛先父親、母親，感念父母養育的恩情於萬一。

本書能夠順利付梓，得力於賢姪高苑科大電子系教授蔡欣倫博士的全程策劃協助，及高苑科大應用外語系教授兼華語文中心主任吳歆嬫博士為此書的出版寫序。賢姪中壢市普仁國小蔡欣達組長撥空設計封面；小兒孟熹、其哲兄弟執意為成書付費，孝忱可慰。華藝數位公司協助此書的編輯、印刷、出版工作，謹此表示衷心的謝意。

蔡丁耀　謹識

二零一三年三月

吳序

2012年曾聽蔡丁耀校長提及想將所寫的文章集結出書的心願，讓我非常的開心，因為一位誨人不倦的教師能將自己的文章出版，能讓更多人受惠，確實是件大事。又蔡校長的文章對許多從事教育工作的人而言，可說相當有意義。與蔡校長同樣受師範教育的我，對他的文章愛不釋手，於是自告奮勇要接下協助蔡校長出書的工作。幸好，蔡校長並不嫌棄我斗膽毛遂自薦，還聘我為本書的主編，並邀我寫序，實在令我受寵若驚，又雀躍不已。

蔡校長的書分為幾個部分：散文、童詩、童話、徵文比賽得獎作品等。從其散文作品不難發現，蔡校長在擔任國小教師時，充分利用時間寫作，記敘自己的教學點滴及農村生活。尤其是描寫農家生活的一切，就像帶著我走回臺灣早期的農村生活，看到一大片青色的田，飽滿下垂的金黃色稻穀，和黝黑的臉上流著辛勤汗珠的農民。他們平靜而和諧的生活，樸實而平凡的人生，日出而作，日落而息。這對我這種在喧囂都市中成長的人來說，真的相當震撼。我想，也就是這樣腳踏實地的農家生活，才能帶給蔡校長在教育上的啟發及生活上的深遠影響。除了散文之外，蔡校長寫的童詩童話，不但文筆清新，內容富趣味性與教育性，可讀性高，是幼兒和國小學童的優質國語文補充教材。

這本書的出版，還有另一層深遠的意義——紀念蔡校長的父母親。蔡校長對父親的背影印象深刻，於是書名就訂為：抹不掉的影子，且特別找來蔡勇吉先生（蔡校長的三弟）當模特兒，請蔡欣達老師（蔡校長姪兒）拍下與其父神似的背影當本書封面。如果蔡校長在天上的父母看到了，不知有多高興？蔡校長的孝心，與家人的熱情協助，使得這本書能順利出版。期望更多的讀者們能閱讀本書，從書中的一點一滴去感受，並得到啟發與益處。

高苑科技大學應用外語系　助理教授　吳歆嬫

目錄

童言童語你我他

童詩

童話

親子樂融融

農事甘苦談

節能減碳救地球

散文小集

抹不掉的影子

民國五十三年服役回來，我被派到一所離家三十多公里的鄉間小學，充當代課教員。九月裏一個溽暑的正午，從學校伙食團吃過飯回宿舍，正準備午睡的時候，一個小朋友在門口嚷著：「蔡老師，蔡老師，有人找您。」我心裏暗暗笑著，一定是這個小朋友聽錯了，在這窮鄉僻壤，我既無親戚又無朋友，那會有人找我呢？於是毫不在乎的往窗外一探，這一望使我楞住了。眼前穿著短褲，戴著斗笠、打著赤腳，汗流浹背的農人，不就是父親嗎？一股異鄉相逢的喜悅，使我許久許久說不出話來。

原來，他老人家為了我代課「補實」的事，騎了三個多鐘頭的「鐵馬」，沿途問路摸索到這兒來，告訴我詳細情形。雖然那件事沒能如願以償，但是父親那消失在校門轉彎的背影，却永鐫在我的心坎中。

十年前，大哥因胃潰瘍送醫院診治，大夫說病情嚴重，必需馬上動手術。父親一聽開刀，滿臉愁雲，驚慌失措。手術中，父親徘徊在手術房門口，不停的搓著雙手，香煙一根接著一根的猛抽，憂心如焚。每次房門打開，父親都一步衝上去急問：「怎麼樣？順利嗎？」

當天晚上，大哥尚在昏迷中，父親整夜守在床邊，寸步未離，幾次催他休息，他總是堅決的說他不睏。在醫院療養期間，父親每天親自為大哥燒茶煮粥，捧湯送藥，照顧得無微不至。眼見著大哥一天天的好起來，父親却一天天的消瘦下去。直到大哥出院了，父親乾癟的臉上才重見笑容，雖然事隔多年，但父親那時的一舉一動却歷歷在目，每憶起慈父是時的背影，父愛的浪潮就把我沖激得熱淚盈眶。（66.3.7 民聲日報）

無限感激

四月下旬跟學生到關仔嶺遊覽。因前一天「歐莉芙」颱風帶了一場豪雨，致使山路坍方無法行車，到達目的地就各班整隊上山。

一位患小兒麻痺的女生，也躍躍欲試的要求同行上山攬勝。為了不傷其自尊，老師只得勉為其難的答應她，可惜遇到修路，使原本崎嶇的道路更加泥濘難行，走沒多久她的腳就動彈不得了，級任鄧老師為不使她失望，特地請了幾位女同學輪流背她，可是山路難行，天氣燠熱，力氣又小，不一會兒，大夥就大叫吃不消了。正在進退維谷的時候，前面剛好來了一位騎機車的老伯，老師們就將他攔了下來，說明緣由請他送這位小朋友回車上去，老伯連聲說：「沒問題，沒問題。」的把這位小朋友帶走了。

當隊伍抵達「水火同源」時，老師們迫不及待的掛電話到停車處探詢，回答是：沒有那位女生及××遊覽車的蹤影。大家正納悶的時候，那位老伯突然又出現在眼前。原來他到停車處時，遊覽車已經開到大仙寺去等我們下山了，他只好再將她送過去，為免使老師放心不下，才又輾轉跋涉了十多公里趕來告訴我們，聽了他的說明，我們都被感動得說不出話來，還不及道謝，老伯人車又顛簸的消失在拐彎的地方了，望著他的背影，我們師生都有著無限的感激。（67.8.22 新生報）

劉班長

暑假結束前，回老家探望侄子的病。看到村子外面停放著一輛黑色嶄新的憲兵警車，不禁愣了一下，心想莫非是這個純樸的小村莊裏有人為非作歹，抑或發生了……不然，憲兵警車怎麼會無緣無故停放在這兒呢？正疑惑中，機車已經抵達家門。看到四位服裝整齊的彪形大漢，由我家客廳裏走出來。一眼望去，那不就是多年不見的劉班長嗎？我快步上前，緊緊地握著他的手，久久說不出話來。剛才那一連串無謂的猜測，早就被這一陣驚喜沖出九霄雲外了。十二年了，由於他的調職，我們失去了聯絡，那天他因勤務路過此地，特地到這窮鄉僻壤來看我。一個官長對一個小兵，十多年來一直惦念、關切，這種情誼怎能不叫我感動呢？由於他去得匆匆，使我無從盡地主之誼。眼看著他消失在遠處的竹林裏，腦海中立即掀起了洶湧的思潮。

劉班長（其實他現在已經是輔導官了）江西人，是我民國五十年在憲兵訓練中心受訓時的教育班長。劉班長不僅學養俱佳，生活嚴謹，為人處事守正不阿，帶兵練兵更是高人一籌。他本身動作正確標準，對我們要求嚴而不苛，常以鼓勵代替重罰，以誘導取代責罵。他關心我們每一個人，凡事以身作則，全隊官兵都非常敬重他。因此全班同志在他的領導下，精誠團結，自尊自愛，參加隊裏內務、清潔、秩序、儀容等等競賽，屢獲優勝，常叫他班刮目相待。

服役前夕，我身患疾病，家人為我是否禁得起憲兵中心的四個月嚴格訓練，而惶惶不安。入伍後第一個星期日的會客時間，同學陳兄到中心來看我。正巧有兩個隊正冒著中午的燠熱出特別操，個個面紅耳赤，汗流浹背，氣氛嚴肅，動作整齊。他看到這種嚴格的訓練，一直為我放心不下，偷偷地跟我說：「老蔡！這種訓練我看你一定受不了，不如趁早跟指導員申述理由，回去改換其他軍種。」「頭髮都剃光了怎麼能夠回去？還是讓我試試看吧！」我笑著說。

由於我是排頭，朝夕跟劉班長同起同坐，處處得到他的照顧和鼓勵。在他諄諄的教誨和精神的感召之下，使我摒棄雜念，專心學習各種課程與戰技。在不算短的一百二十多個日子裏，一連串的跑跳爬滾和單槓、木馬、劈刺、摔跤、行軍、野戰，如潮水地湧來。身子非但沒有被整慘，反而比以前更健壯、更結實，入伍前的毛病早已不知去向，體重增加了六公斤。

結訓前，班裏推舉我參加隊上的模範憲兵競賽，僥倖以最高票當選。結訓典禮上，接受大隊長何承先上校的頒獎，和雷動掌聲的鼓勵，迄今仍歷歷在眼前。每次看到掛在牆上的那張模範憲兵證書時，對這位劉班長，莫不肅然起敬，懷念之情也油然而生。

在我離開中心後不久，劉班長就如願以償得到晉升的機會，到南部去當排長了。五十四年冬，我偕內子到南部蜜月旅行。劉班長親自接待我們，並帶我們倆暢遊名勝古蹟。這雖然是十二年前的往事，但在我記憶中却如昨日。

劉班長於五十六年結婚，現在已經是三個孩子的爸爸了。謹此祝福這位忠黨愛國的「班長」，生活得幸福美滿！（65.12.1 國語日報）

給古人的信

淵明先生：

我生長在恬靜純樸的鄉間，自幼對大自然景物耳濡目染，受大自然薰陶最深，所以對您特別敬仰。

您有一個後世老少皆知的曾祖父陶侃，在晉明帝時都督荊湘等州軍事，以誅蘇竣功，封長沙郡公，晚年把皇帝賜給的獎賞和軍器統統奉還，功成身退，淡泊明志，過著平民生活。這種棄名捨利的作風，真是空前絕後。您父親也曾做過官，對得失毫不在意，真如您所說：「置茲慍喜。」由此可知，您的父親也是一個恬淡自守的人。您的外祖父孟嘉，行不苟合，言不夸矜，謙沖靜默，溫雅平實。您有這麼一個誠篤忠貞、恬淡的家庭，真令人羨慕。

你在父母的薰陶下，養成了恬淡自然的個性。文字是代表人類思想的工具，我在您的詩文裏，可以找出「少無適俗韻，性本愛丘山」、「弱齡寄事外，委懷在琴書」等名句，表現您酷愛自然和率真淳厚的本性。難怪您自己也說「質性自然」。宋朝蘇東坡批評您：「欲仕則仕，不以求之為嫌；欲隱則隱，不以去之為高；飢則扣門而乞食，飽則雞黍以延客。古今賢之，貴其真也。」這真是對你最適切的評語。

您生在貴族社會裏。貴族做官的機會多，可是您的命與願違。你的曾祖父陶侃雖是晉室顯要，然而到您的時候，不幸家道中落，生活困難。您在〈歸去來辭〉序上說：「……幼稚盈室，缾無儲粟……親故多勸余為長史，脫然有懷，求之靡途。」您曾想當長史，可惜沒有門路。後來您曾作了十年建威將軍的幕僚工作，此間您所作的詩，不是說「靜念園林好，人間良可辭」，就是說「田園日夢想，安得久離析」，心裏總是懷念園林，嚮往自然。後來您得到叔父的援引，做了彭澤令。不料僅做了八十多天，您就感到作官與您的性情不合，一天到晚要做自己不願做的事，又要向那些令人瞧不起的「走狗」卑躬屈節「束帶見之」，心裏十分不快。怪不得您說：「吾不能為五斗米折腰，拳拳事鄉里小人。」你這種不慕名利，不愛虛榮的志節，實在難能可貴，與今日徵名逐利，孜孜營鑽的官場相較，真有天壤之別。

本來天地之大，辭去縣令不幹，原是雞毛蒜皮小事，只是您那篇給人千古傳誦的〈歸去來辭〉文章，和「不為五斗米折腰」的故事，千古流傳了。文學是情感的表現，一篇好的作品要有高超的思想，豐富的情感，加上簡練的文字，嚴謹的結構。〈歸去來辭〉是全都具備了，所以歐陽修說：「晉無文章，惟陶潛〈歸去來辭〉而已。」可見歐陽修對您的文章是何等的推崇。

由您的作品中，可以看出您愛好田園的性格，因此創作了優美的作品，博得「田園詩人」的雅譽。您的晚年，生活很困難，但是您顯得更堅強，真所謂「君子憂道不憂貧」。您在一首〈詠貧士詩〉說：「豈不實辛苦？所懼非飢寒，貧富常交戰，道勝無戚顏。」這種高風亮節、貧賤不移的精神，真令人萬分感佩。

（71.1.18 國語日報）

驚險的一刻

前年農曆大年初一下午三點左右，與內子偷閒到松柏坑爬山。當天遊客如織，我們選擇了一條以往未曾走過遊客又少的步道。

穿過一大片溪谷綠竹林，眼前呈現兩難問題，一是必須依山勢多繞二公里路程，一是只要爬上五十公尺碎石坡即可抵達。居於運動、省時、好奇的考量，我們決定抄「小路」爬坡而上。

滿懷走捷徑的喜稅，攀著碎石中屹立的雜木，一口氣爬到距路面約五公尺的地方，才發現情勢不妙，斜坡陡峭，碎石鬆軟，又沒有林木可扶撐，回頭一望，碎石滾滾而下，令人怵目驚心，夫妻相顧失色，緊抱著枯木動彈不得。

正在進退維谷，不知所措之際，遠處傳來「砰！砰……」的機車聲，良機不可失，我倆猛搖樹木，齊聲喊叫。謝天謝地，機車停了，下來兩位高中學生，他倆往下探望瞭解我們的困境，迫不及待的找來一支樹枝，先將我拉了上去，然後再拉內子上來，才化險為夷。驚魂甫定，未及道謝，兩位小夥子就一溜煙的消逝在拐彎的地方。藉此向兩位年輕人表示誠摯的感激。（83.10.5 中華日報）

不虛此行

春假中，和同學結伴到嚮往已久的竹崎觀音瀑布去遊覽。

乘車到山腳下，就沿山腰一條蜿蜒的小道步行上山。這條唯一通往瀑布的小路，一邊靠山，一邊傍岸，雖然是依山傍水，風景秀麗，但是亂石滿路，老根橫生，嶙峋難行，實在如履薄冰，十分驚險。

亞熱帶的山區氣候多變，尤其是春天的季節裏，走不到一半路，突然天空陰霾，瞬間雲煙彌漫，接著細雨霏霏而下。原本狹窄的小道，頓時溜滑如油，泥濘不堪，叫人有寸步難行之感，大家的遊興也隨氣象的變化而「冷却」下來。

大夥正七嘴八舌準備打退堂鼓的時候，猝然傳來洪鐘的聲音——「怎可半途而廢？踏實了再移動步子。……」大家不約而同地往前一看，原來是一位年近七旬的老翁，正激勵著走在前頭那個十二、三歲的少年。大夥聽完這段話，再也沒有折返的意念。默默地跟在這位老伯伯的後頭，一步一步地往上爬，雖然雨水沾濕了頭髮，滲透了衣襟，但是大家仍然興致勃勃而精神抖擻，一點兒也不以為苦。

不久，濛濛煙雨中飛瀉的瀑布就呈現在眼前，在靜謐的幽谷中，猶如萬馬奔騰，氣派萬千。大家置身在這「世外桃源」中，留連徘徊，意猶未足，踩上既滑又陡的鐵梯，步上懸在半空的棧道，到達瀑布的源頭，盡覽細雨籠罩中的山巒奇景，細聽淙淙溪流，久久不忍離去。

歸途中，老翁那番話一直在我的腦海中澎湃。今天要不是聽了他這番話，我們怎能盡興而返呢？忽然使我想起幼時祖父常勸我們要多走一步路，寓意要我們不要貪圖一時的方便，而投機取巧，才不致一失足成千古恨。為人處事又何嘗不跟爬山走路一樣呢？凡事假使稍遇挫折就失去原則，倒置了目標，半途而廢，不僅前功盡棄，到頭來必定還是一事無成，這是多麼可惜呀！沒想到這次的郊遊使我獲益這麼多，真是不虛此行。（66.5.2 國語日報）

摔倒，再爬起來

昨晚，我因為事情冒雨返回故居。下了車，就轉入小道，滿路泥濘，既無雨具又無燈光，一雙腳在泥潦的路上躊躇摸索，幾次濺得渾身泥水，狼狽的樣子不想可知，真後悔不該冒雨跑這趟路。

回到家，看到上次回來還歪歪倒倒學走路的侄子，曾幾何時，已經步履穩當，來去自如。

驀然，我領悟了拿破崙說的一句話：「人生的光榮，不在永不失敗，而在能屢仆屢起。」不禁使我的精神振奮起來。少年朋友們！只有抱定決心和毅力，在不斷顛仆中爬起來，才能領會到更多的人生真諦，才能走進成功的大門。（60.5.31 國語日報）

再進一步

假日，偶然間在書櫥裏看到一本發黃的紀念冊，翻開扉頁，「再進一步」四個字跡蒼勁的草書，躍在眼前。紙雖然發黃了，字跡猶新，下面的署名是初中的老校長。當時只是趁著一時的好玩，爭先要師長們留字紀念，根本不去注意它，更不懂得這四個字的意義。現在細細推敲才知道「再進一步」寓意深遠，且頗有哲理。

記得念初中的時候，校長常提醒我們：上廁所、倒垃圾，要稍向前一步，才能保持清整齊；做功課、參加考試，要多花一點時間複習和檢討，功課必會進步，成績自然提高。如今在社會上服務多年，對這四個字的體會，就更深切、更廣泛了。在為人方面，如能注意小節，誠懇待人，常用「謝謝」「對不起」，必能處處受人歡迎，遇有困難也就能夠得到別人相助；

在處事方面，若能事先進一步周詳計畫，進行過程中腳踏實地，事後再檢討、改進；這樣，就能使事情做得順利、成功。

許多人對自己的工作不滿意，滿腹牢騷，逢人就吐苦水，說這兒不好，那兒不對。這都是不對自己工作做再進一步的瞭解，才有不敬業樂業的偏見。如能進一步研究，鍥而不舍地謀求改進，對於工作自然會發生興趣，相信必會以自己的工作為榮。

青年朋友最喜歡逛書店、買新書，可是擺滿了書架的書，真正看完的到底有多少呢？大多數是半途而廢，不能從頭到尾一一細讀，更不用說進一步研究啦。這不僅浪費時間和金錢，無形中養成不負責、不在乎的陋習，才是最大的損失。凡事「再進一步」學習、細思、探討，是多麼重要哇！（66.3.26 國語日報）

成功貴在實踐

有一天中午，我因為手受傷到醫院去敷藥。正好趕上午飯時刻，偌大的醫院闃無一人，我坐下來等候醫生。這時候，一個十五六歲的孩子滾進來一桶三十多公斤重的瓦斯筒。一進門就高聲喊著：「瓦斯要放在哪裏？」「三樓。」屋子裏面傳出來聲音，卻沒有看見人出來。小孩子愣了一下，望了望那筒瓦斯，「嘿！」的一聲，就把那筒瓦斯扛在肩上，然後，一步一步地拾級而上，轉眼之間，又滿面笑容地走下來。

望著這個小孩子的沈毅果決舉動，使我感佩萬分。果斷是從事任何工作的先決條件。我們要履行一件事的時候，必須集思廣益。審情度勢；但是在工作進行中遇到困難，就得拿出堅毅不拔的判斷力。然而要求百分之百正確判斷而萬無一失是不可能的，只要有百分之六十的把握，就要鼓起勇氣著手去做；如果躊躇不決或裹足不前，縱有十全十美周詳的計畫，也等於紙上談兵，永遠追求不到理想的效果。這不僅會使你有如身入寶山，空手而歸的惋惜；也將使你因萬事蹉跎，虛度年華而抱憾終身。

俗語說：「只患不行，決不患其不成。」朋友們！動動手吧，只要是「仰不愧於天，俯不怍於人」的，都要鼓起勇氣，振奮力量，鍥而不舍地去做，到時候你將可獲致意想不到的收穫。（60.11.11 國語日報）

磨鍊自己

寒假中，偷閒重遊新竹，藉友人服務日光燈廠之便，參觀了該廠燈具的製造。才知道案頭上這隻精緻的檯燈，乃是經過揀選質料、高溫（一千多度）鎔鑄、裝潢、試點和嚴格的品檢等等工作，沒有一丁點的瑕疵，才能上裝出廠供應市場需要，真是得來不易。「磨鍊」兩個字油然浮現於我的腦中；深鐫在我的心版，令我咀嚼不息。

環視眼前的一切用品，哪一樣不是經過絞腦汁、嘔心血所錘鍊出來的結晶？朋友！你可曾知道那美味可口的果實，只有在飽經風霜雨露襲擊，瘡痍滿目當中才能找到嗎？那馥郁撲鼻的花香，也絕不是在溫室栽培裏所能尋著。

人，又何嘗不是如此。德高望重的王雲五先生所以成為宏儒碩學，誰說不是他夙夜匪懈，孜孜不倦，刻苦自勵磨鍊得來的？發明家愛迪生，幼年曾被恥笑是「低能兒」，若非憑他一顆愛好明察秋毫、尋根究底的心，歷經許多艱難困苦，冒過無數次的生命危險，百折不撓，再接再厲的大無畏精神和毅力，哪有今日發明大王、科學怪傑的美譽呢？

古人說：「玉不琢不成器。」生命是個顛撲著前進的浪潮，不論遇到甚麼命運，不要氣餒，不要灰心，要行動起來，鍥而不捨，深信必有成功的一天。記得五十年服役憲兵，有一次連上分派車站服勤人員，連長推舉我去，副連長卻竭力反對，他說：「車站勤務非常重要，×× 一見人臉就紅，話都說不出來，還能擔負甚麼勤務，還是辦辦行政工作的好。」沒有想到連長卻斬釘截鐵地說：「就是因為這樣才要讓他去磨鍊磨鍊。」後來，我居然在車站服勤到退伍為止，沒有出過一次紕漏。連上三個月輪調一次的規定，對我完全「豁免」。料想我真被磨鍊「到家」了，隊上的一切勤務幾乎不能沒有我。每屆輪調時，隊長總要三番五次地請求連長讓我「留隊」不調。退伍那一天，隊長竟因痛失我這個「助手」而落淚。事隔十載，記憶猶新。連長那句話成了我的金玉良言，時常在我氣餒不前時縈繞耳際，敦促我殫精竭慮全力以赴，成功或失敗都在所不計，使我受益不淺。

希臘大哲學家蘇格拉底曾說：「患難困苦，是磨鍊人格的最高學府。」曾國藩說：「堅其志，苦其心，勞其力，則事無大小，必有所成。」這都剴切地告訴我們天下事絕沒有不勞而獲的道理。「一分耕耘，一分收穫。」只有在不斷地磨鍊和刺激中，才會領略人生的真諦；唯在失足顛仆之中能夠爬起來，才可以發現生命的意義。然後，你才能享受邁出第一步的歡欣。

朋友！不停地、不斷地去創造你新的境界、新的前程，不要因循怠惰，別讓利誘損失了志節。（60.3.27 國語日報）

劈柴的啟示

我家門前有幾棵蓊鬱的老榕樹，枝幹粗大，氣根四垂，綠葉茂密可蔽天日，是炎暑時候家人的避暑「勝地」。每年一到冬天，我習慣地利用星期假日將所有下垂的樹枝一一鋸下，再加以修剪一番，一則讓它明年春天抽出新芽，再撐上綠色的「天幕」為家人乘涼；二則將鋸下的枝葉充作柴燒，經濟實惠，還可藉此劈劈柴，活動活動筋骨，在凜冽的冬天來說也是一件快事。

劈劈柴先將樹幹鋸成一小段一小段，不必劈的豎架在一起曬乾即可取用。需要劈開的放在一起待劈。早晨吸著新鮮的空氣，扛著大斧頭到老榕樹下劈上四五段，暖和暖和身子，寒意盡去。之後，盥漱、料理例行事務或看書，奕奕有神，不為寒氣所屈。傍晚或假日再劈它一陣子，縱使寒風刺骨，滿頭熱汗仍然涔涔而下。力盡筋疲之際，沖個熱水澡，舒適異常，精神百倍，食欲大振，一上牀就可以呼呼進入夢鄉。一個冷冽漫長的冬天，可因此增加情趣而過得稱心如意。（60.1.6 國語日報）

再做學生

剛離開校門，滿以為教學是一件輕而易舉的事，沒有多久就體驗到不是那麼一回事。在簡短的教學當中，仍然有如登山斬荊寸步難行的感覺，使我深深地體會到「學到用時方恨少，事非經過不知難」的警句。《學記》上說：「學，然後知不足；教，然後知困。知不足，然後能自反也；知困，然後能自強也。故曰：教學相長也。」雖然在教學生涯中不斷地謀求充實自己，以解決教學上的困難。但是只浮沈在那狹窄、膚淺的領域裏，所撈獲的畢竟有限，要做到不誤人子弟的「人師」，談何容易？於是想到再上學進修。由於家庭的負擔，瑣事的糾纏，這個「宏願」一直是一個可望不可及的泡影。去年難得有個機會，再到師專暑期部做學生，實現了我多年望眼欲穿的進修願望，叫我雀躍不已。

在我接到學校的入學通知後，一則喜，一則憂。喜的是如願以償，得到進修機會；憂的是十多年沒有摸過書了，一旦拿起書來，一定夠負荷的。「人往高處爬，水往低處流」，開學時一看，同學之中有校長、有當祖父的；年歲四十以上的大有人在，他們的上進精神真叫人敬佩。儘管天氣燠熱異常，大夥聚集在斗室裏揮汗如雨，但是每個人仍然聚精會神地聆聽老師們的諄諄教誨。不論在教室或寢室，是傍晚或凌晨，每個人都是孜孜不倦地誦讀；在操場，在教室經常傳來悅耳的笑聲，仍是那麼天真爛漫，每個人的心都重回到幾十年前的小學時代。一點兒也沒有「白首方悔讀書遲」的樣子。這種精神使我感佩萬分，同時也給了我莫大的激勵。

孟子說：「讀書之道無他，求其放心而已。」我一進校門，就把一切雜念擯棄於九霄雲外，專心做個「好學生」，勤修學業，砥礪品德。「生有涯而知無涯」，我相信只有在不斷的琢磨中，才能高築知識的樓閣，才能領悟更多的人生意義。我曾妄想：永遠當一個老師們心目中無知幼稚的學生，在老師的教導下，砌築一座屬於自己的園地，則任何犧牲在所不計。

（62.3.10 國語日報）

踏實

週日，回鄉下老家，聽到家兄與鄰居余小弟，閒談農事。余小弟說：「為什麼同樣的面積，同時栽種的黃瓜，您賣的却比我多。」

「我下的功夫比您多呀！」家兄笑著說。

「還不是如此這般，那來什麼功夫？」顯然余小弟還沒摸清楚家兄所指的。

「選種、整地、除草、施肥、噴藥，支架、整藤、摘心、疏果，您都一一做到了嗎？」家兄一口氣，將種瓜過程全部講出來。

「只有整藤、摘心和疏果沒有做到。」余小弟想了一下。

「這就對啦！一分耕耘，一分收穫。不整藤徒費肥料，不摘心不結果子，不疏果不能提高品質。這就是你減產的原因所在。」

余小弟若有所悟，不停的點著頭。

家兄種田所堅持的就是「踏實」兩字所以他常常嘗著豐收的喜悅。踏實就是腳踏實地，不投機取巧。為人處事何嘗不是如此，踏實的人，才能得人信任，天天如坐春風，事情就能得圓滿，做得成功。

國父曾說：「凡事能徹頭徹尾，有始有終做好，就是大事。」

「意即要我們腳踏實地的做事，絕不能投機取巧，敷衍塞責，或半途而廢。」

「天下沒有不勞而獲的事。」凡事務須有週詳的計劃，然後按計劃逐步去做，其間或遇有困難，亦應堅守原則，排除障礙，繼續努力，才能嘗到苦盡甘來的喜躍。（65.10.19 青年戰士報）

賣菜記

前一個星期日，回到故居，正逢大哥收割水筍（茭白筍），這是我們家的大日子，全家人幾乎都出動了。剛到家，大哥就吩咐我趕牛車裝載水筍。我到屋裏脫下鞋襪，就到牛舍牽出大水牛來。時候不早了，老牛套上車還是慢吞吞地走著，任憑我吶喊，牠還是一步一步往前邁，啼聲「ㄊㄨㄛㄊㄨㄛ」，毫不凌亂，好像說：年輕人急甚麼？你知道欲速則不達嗎？頓時我意識「沈著」兩個字的真義。

好不容易到達筍田，兄嫂們正跋涉在水溝裏，逐步翻揀那一叢叢深綠色的水筍。姪兒們也忙著把割起來的水筍收集成捆。我把捆好的水筍，一擔擔挑上車來。好久沒有參與農事，挑著不算重的擔子走在田埂上，竟步履不穩，腳踏不到「實地」，幾次滑倒到田裏去，弄得渾身是泥，哭笑不得。此刻才使我真正體會到華盛頓所說的：「形成力量的，不是休息，而是工作。」我哪肯認輸？一捆又一捆地挑著，跌倒了，再爬起來。轉眼之間，堆滿了一牛車。趕著牛車又一步一步地走回家，坐在牛車上真正享受到滿載而歸的樂趣，剛才的疲憊隨即消逝在九霄雲外。

出售的水筍，還得經過一番整裝，過程頗不簡單。先將外面的葉片剝下，再削頭去尾。削筍頭要有技術，削太少，不久就呈黃色，影響售價；削太多，去了大半筍肉實在可惜，要用最快的刀子削得不多不少恰到好處才行。接著，從削好的筍堆裏，揀出色白肉嫩的鋪在上面，兩尾相對約二十公斤紮成一捆。大哥常說：「賣菜是賣頭賣面的，裝扮的好壞關係售價最大。」隨著再將整裝好的筍，浸入泡有明礬的水糟裏，據說這樣可以保持水筍白嫩和鮮度。

我家的蔬菜都用「鐵馬」載到離這兒六公里的西螺菜市場出售。這次共收十六大捆的水筍，得用三輛「鐵馬」裝載，大兄載六捆，我和三弟各載五捆。望著這一大堆水筍，使我又驚又喜，一夜沒有睡好覺。

喜的是這麼多的水筍，今年價格不惡，賣的錢一定不少；驚的是許久未曾載過菜，這一趟不知道要摔多少次，萬一將白嫩的水筍摔爛了賣不出去，白費父兄許多月以來苦心栽培，怎麼辦？

天不作美，偏偏來個北風呼呼的壞天氣。為了趕「早市」，凌晨四點就起來，把泡在水槽裏的筍洗滌乾淨，捆綁在「鐵馬」後架，就開始出發。三弟一馬當先，我一連上了好幾次都沒有跨上車，「鐵馬」拐來彎去差點兒就演「馬翻沙」，一顆心怦怦跳個不停。「手把握緊，放輕鬆些，就可以跨上去。」大兄在後頭說。果如所言，照這樣做，一下子就躍上車了。正在得意的時候，一陣北風迎面吹來，被吹得搖晃不已。要使車子不摔倒，只有用力加速前進，此刻正面臨著「逆風行車，不進則退」的考驗，不容稍緩，風颳得越大，腳越得用勁踩，這樣一上一下，一會兒，汗流浹背。雖然寒風一陣陣迎面吹來，我仍然毫無寒意。

天剛破曉，賣菜的、買菜的都來了，把整個市場擠得水洩不通。紅色的、綠色的、白色的水果、蔬菜，一堆一堆地擺在那裏等待出售。叫賣聲，討價還價聲不絕於耳。農夫慈眉善目的笑容和菜販裝腔作勢的舉動，剛好成一個強烈的對比。菜賣完了，市場附近的食攤生意也跟著忙碌起來，每個攤位上都擠滿了人，因為賣菜的人現在才得閒吃早餐。

參與這次的賣菜，使我深切地嘗到農人生活的苦樂，也使我體會到生活不簡單，有愉悅順利的境遇，也會遇到需要克服的困難；只要我們堅忍做去，一定可以享受到苦盡甘來的樂趣。這該是此次賣菜的最大收穫。（60.12.30 國語日報）

編織的啟示

內子是個職業婦女，每天早晨起來，一面要作早餐，一面又要照料孩子，還要趕上班。下班回來又得燒水作飯、洗衣服……每天都是這樣，忙得不可開交。入冬以來天氣轉冷，老大那件毛線衣又窄又短不能穿了，我看內子騰不出時間來，決定再買一件算了。內子認為丟掉太可惜，還是拆下重織一件大的。於是她就利用片刻的休息時間，把舊線拆下、洗滌、晾乾捲在木架上，再在晚上瑣事料理後，一縷一縷的編織。這樣片段片段，一天接著一天的編織的累積，終於完成了一件精美大方的毛線衣，孩子穿在身上既高興又暖和。

望著那件綴滿條紋的毛線衣，我深深地體會到「零碎布條可以製彩衣，片斷時間可織美夢」的啟示。同時也恍然領悟「聚沙成塔，集腋成裘」的事實。陶侃曾說：「大禹惜寸陰，吾輩當惜分陰。」我想生活在工業社會的我們，應該惜厘陰而持恆不渝，那就會使我們終生受用不盡了。（62.2.8 國語日報）

一粒沙

上個月騎車不慎摔了一跤，左膝傷深見骨，疼痛難當，每天打針上藥，仍然不見好轉。於是到另一家醫院求治，大夫問明受傷和醫療經過後，就把我推入X光室攝影片，十分鐘後取片來看，原來是一粒沙銜在肉裏頭作惡。挖出這顆小東西後，不到一週，傷口霍然痊愈。

每次看到腳上的新痕，不禁聯想到：求學何嘗不是需要明察秋毫？知其然還得知其所以然方能精益求精，實事求是。為人處事應該注意小節，「勿以善小而不為，勿以惡小而為之。」才不致因小失大，坐失時光。在社會上要盡力貢獻自己的力量，服務社會造福人羣，不要小看自己的力量。浩蕩江河來自涓涓之流，華麗之屋起於一磚。凡事必須從小處著手，逐步漸進，才能達到盡善盡美的境域。想不到這次的意外，卻給我這麼多的啟示，心裏真有說不出的高興。

（60.9.4 國語日報）

一張診病單

一般公保診病單，在一般公保指定的私人醫院，究竟能發揮多大的效益呢？這是公教同仁不想可知的。除非住院診治，由醫院向公保處實報實銷外，否則，一個初期的感冒，要想一次「病除」恐怕都有困難。

當然，一家私人醫院想申請為公保指定醫院，其各項醫療器材、設備、醫護人員的編制，都必須合乎承辦機關的標準，花費自不在少數，得來可真不易。現代的社會賠本生意是沒有人願意幹的，無可諱言的部份公保指定的私人醫院，也不得不以賺錢為前提了，這類事情報上屢有報導不足為奇，亦無可厚非。就因此以一張區區的公保診病單，而能在私人醫院得到詳細的診治，才真是難能可貴的。

民國五十六年冬，我發現右肋骨下部經常隱隱作痛，遍訪附近名醫，都不得要領，見了十多位大夫，診定了十多種不同的病稱，從慢性肝炎、膽炎、盲腸炎，真是不一而足，令人煩惱異常。後來經朋友介紹，執一張公保診病單，到北斗張綜合醫院求治，替我看病的是一位五十開外，慈祥、和藹、讓人看上去就有信心大夫。當他瞭解病況之後，並沒有下定病稱，審慎的開了三張檢驗單。

「只有查出真正的病因，對症下藥，才能根本治療。」他笑著對我說:「你的病沒有大礙，不用擔心。」

聽到他懇切的說明，心情輕鬆多了。

在護士小姐的帶領下，我逐一去作醫師指定的檢查，首先到X光室，拍攝了不同姿勢的照片，接著檢驗大小便，再抽血查驗。從下午三時到五點，所有檢驗報告都集合到這位大夫的手中，他特地請來另一位大夫共同研究各項檢驗結果，然後診定是輸尿管結石。知道病因心如釋重負，這是我有生以來遇到最長、也是最詳細、最科學的一次診病，內心真有說不出的高興與感激。隨著也暗暗的叫苦，我認為看這一次病，可能不是我身上的錢所能付得起的，正猶豫的時候，領藥處喊著我的名字，真如晴天霹靂。

「多少錢？」當我接過藥之後，隨口急問窗內的小姐。

「你不是拿了診病單來的嗎？」

「是啊！只有一張而已。」我簡直無法相信。

「一張就可以了。」

「謝謝。」再看看手裏的藥竟然開了五天。我飛也似的跑進內科診察室，向主治的大夫致謝。

「別客氣，你家住得遠，我開了五天藥，服完了再來看看。」臨走時他又關切的吩咐：「平時多喝開水，多運動。」

我懷著一顆感激的心，踩著輕快的步伐踏上歸途，身上疼痛好像好了許多。遵照大夫的吩咐，沒有多久，困擾我有一年多的病，終於霍然而癒；家又恢復昔日的愉快、幸福。

當我再度到那家醫院時，才知道那位退役醫官大夫姓「許」，已經自己開設醫院去了，雖然如此，我們對這位仁慈、充滿醫德的大夫，仍然永存著無限的感激與祝福。同時也為那一張公保診病單喝彩。

（67.7.28 新生報）

獎

「獎」是辛勤耕耘後的收穫；同時也是激發上進的開始。無論獎狀或狀品，大獎或小獎，同樣受到重視。每次看到孩子手裏拿著獎狀和獎品回來時，他的步伐是那麼輕鬆，臉上也洋溢著收穫、得意的笑容，為人父母的何嘗不也分享他的喜悅和榮譽呢？

「獎」是人人所羨慕的，每個人想得的血汗結晶和無上光榮。那麼在給獎的過程中，就不得不慎重其事；否則就失去了「獎」的可貴了。記得學校有一次舉辦演說比賽，一個小朋友只是重複地講了別人的一段話，聽眾為之譁然；可是評分結果居然得了第一名。這種錯誤的結果，不僅使大家對「獎」貶了值，同時也造成得獎人誤以為「獎」竟是如此輕而易得的東西，以致不再重視它的價值。因此在給獎前的競爭中，應該特別認真、公平、客觀，才不致玷污了「獎」的至高榮譽。

不管大人或小孩子，參加任何比賽、考試之後，都急切地希望知道結果。因此在可能的範圍內，應該當場公布成績；不然，也要儘早發表，才能收到鼓勵上進，及顯示主辦單位對於比賽的重視，無形中也會給與賽人員對於處事的認真、迅速、確切，收到潛移默化之效。

領獎是一場艱辛奮鬪的終站，最好在眾人面前隆重進行，使得獎者在眾目睽睽、掌聲如雷中滿足其勤耕後「豐收」的喜悅，對其日後上進無疑是最佳的鼓勵。同時也可以給其他人一個典範，鼓舞其勇氣，激發其努力向上，裨益至大。每年畢業典禮上，為了頒獎的工作，不知道要花費多少時間。可是目前還有部分學校、機關却忽視了頒獎的價值，事前不公正、認真地去考評，事後仍然草率了事，使人人羨慕的「獎」變了質。這是多麼令人惋惜的事。

在不濫給獎的範圍內，不要吝嗇給獎，哪怕是一張獎狀、一句讚美話，都能淬礪任何人上進。為人父母或師長的，何妨多多施與呢？（66.6.11 國語日報）

紀念冊

又是鳳凰花開、蟬聲齊鳴的時節了。每一個綠草油油、樹木蒼青的校園裏，都彌漫著一層深深的離愁。人間沒有不散的筵席，一羣羣莘莘學子，又要離開教育他們的師長，各自直奔自己的前程了。

在這離別的前夕，畢業班的同學，人手一本紀念冊，每逢課後就如潮水般湧向每位老師，請求老師們在他們別緻的紀念小冊子上，寫幾句鼓勵的話，作為努力的指南。不管他們是一時好玩，抑或是有心「求字」，老師們總是不厭其煩地一一為他們題字。題字的內容與範圍包羅萬象，真是不勝枚舉，而我總喜歡以「信心與毅力」跟他們共勉。

人的一生坎坷多歧，不幸的遭遇常常不能避免，是否能在滿布荊棘的人生旅途上，排除一切障礙開拓前程，必須要有堅定的信心和努力不懈的毅力，才能衝破難關實現理想。　國父說：「吾心信其可成，則移山倒海之難，終有成功之日；吾心信其不可成，則折枝反掌之易，亦不能成。」古今中外成大功、立大業的人，沒有一個不是懷有堅忍的信心和不屈不撓的毅力的。大音樂家華格納遭受同時代人的批評、攻擊，但是他對自己的作品充滿信心，堅忍不移地創作下去，終於戰勝了世人，在音樂史上留下不朽的傑作。

國父孫中山先生，滿懷著推翻滿清政府，建立中華民國的信心，雖然經過一次又一次的失敗，仍然百折不撓，再接再厲，終於推翻了滿清專制政府，建立了中華民國。詹天佑憑著一股不屈不撓的信心，不顧外人的冷嘲熱諷，堅持原則，鍥而不捨地奔走在高山峻嶺之間，逢山開洞，遇水架橋，終於完成中國第一條自建的鐵路，使外人刮目相待，為國人揚眉吐氣。蕭伯納說：「有信心的人，可以使渺小的事物成為偉大，化平庸為神奇。」美國盲啞教育家海倫克勒說：「信心是命運的主宰。」可見只要憑著不凡的信心，朝著理想奮鬪，其中如果不幸遭遇到挫折，也應當鼓起勇氣，堅持信心和毅力，繼續努力，必有成功的一天。

每一個人都有理想與希望，當你有了理想之後，就必須建立不拔的信心和奮鬪不息的毅力，勇往邁進，才能禁得起任何考驗，達成實現理想的願望。願以「凡是有意義的事，都須以堅強的信心和不懈的毅力，全力以赴，直到達成任務為止。」這句話和畢業同學共勉之。（66.6.22 國語日報）

各展所長

我沒有建過房子，對於建造的過程也沒有注意過，可以說是門外漢。年初學校拆建危險教室，相近咫尺，耳濡目染，閑暇時總是喜歡到工地觀察工程的進行，發現建造房子是一門高深的學問。建造過程隨時代進步，已經邁進科學化與專業化的境界。工人各展所長，分工合作，建造一棟棟高樓大廈，美觀地坐落在大街小巷裏，為人們解決住的問題，為都市帶來繁榮。

一棟房子先由工程師設計圖樣，再由泥水匠、板模工人、鐵工、木工、水電工、油漆工和無數的「雜工」，竭盡心力，流盡血汗，通力合作完成。

興建一座房子，打從釘建築木樁開始，幾乎全由板模工擔任。建築工程的策畫、進行，都是由板模工領導。建築物的高度、寬度、雛型，灌水泥後，何時拆模板都非他莫屬。以前我以為板模工只會灌地樑、架柱子、灌樓板。其實不然，凡是有鋼筋的地方，就用得上板模工。據一位板模師傅說，他十五歲做板模學徒，一直到二十歲才學成「出師」，其間每天工作十二小時以上，經常一天只吃兩餐，工作非常辛勞，稍有差錯就得挨老師傅的責罵，當時真想放棄不幹了。但是如今他擁有堆積如山的模板，包一次工程至少賺上幾千，多則數十萬元。從平房到十幾層的大廈，他都能依設計做得很妥當，沒有半點差錯。如今他才知道，要不是當時老師傅嚴厲的教導，那有今天的成就呢？

隨在板模工後的就是鐵工。板模工標好建築線之後，鐵工就開始按藍圖架設地樑、柱子、鋼架、樓板鋼筋等。鐵工學徒從簡單的鋼筋裁剪、扳折、架設著手。只有經驗豐富，能看懂建築藍圖的老鐵工，才能承包鐵工工程。鐵工的工資雖然很高，但是工作很費力氣，尤其是在烈日下搬運或架設鋼筋，不但汗流浹背，而且手被燙得起泡，其辛苦是局外人所不知的。

有一個婦女，以敏捷的動作，熟練的技巧在工地上工作，實在令人敬佩。建造房子的過程中，泥水工跟板模工、鐵工同樣重要。房子的好壞，地基很重要。興建開始首先由「粗工」在工地立支柱的地方挖掘壕坑，排上大石頭，灌上混凝土，再配合鐵工和板模工做地樑，砌牆、築水溝、鋪地板等。時代進步，水泥工的工作也跟著專業化。現在有「水泥攪拌機」代替人工拌攪。一樓以上都用滑輪拖斗升降機搬運拌好的水泥，節省許多人力和時間。地板和樓板由專門鋪造的工人承包，他們都能駕輕就熟，工作效率很高。每天工作一結束，立刻領取工資，每坪收費四百元，一手交錢，一手交貨，乾淨俐落。工地裏搬運砂石和磚頭也有專工擔任。通常由地面挑到一樓，每擔砂石是三塊錢，每塊磚三角到一元不等，依高度論價，一個挑夫每天可賺四五百元呢！

木工在現代的建築中算是「收場」的工作，房子內外分野操在木工手中，門窗的裝設是他們的主要工作。近年來生活水準提高，人們講究門面及裝潢。門窗大都是美觀大方的鋁製品，為木工減輕了許多工作，但是廳房、室內裝潢，仍然出自木工的「神技」。現代的木工都機械化了，昔日鉋、鋸、鑿很費力氣，如今都由機械代勞了，節省許多時間和精力。但是一般人大都喜歡功夫深的老師傅，不喜歡大而化之的年輕師傅。

油漆工是房子的「美容師」、房門的粉刷，顏色的調配，格式的高低，都是油漆工的大手筆。現代人講求豪華氣派，因此油漆工也兼做裱貼壁紙、圖畫，滾印花紋、圖案等「化裝」工作。一幢房子經過油漆工一番匠心獨運的「修飾」之後，就可化平庸為新奇，由醜陋而富麗堂皇，因而身價百倍，使買主稱心如意。

一間房子從破土興建到完工，都是由各部門工人發揮所長，貢獻自己的智慧和力量，共同努力，精密合作的結晶。由此也不禁使人深深地體認到積財千萬，不如薄技在身的事實。從事任何工作，只要努力求精，都可以立身安家，服務社會，造服人羣。（66.8.4 國語日報）

求學與磨刀

邇來氣溫驟降，寒風呼嘯，苦雨綿綿。喚我早讀的鬧鐘已經響過了，我仍舊繾綣在被窩裏，無心起牀。忽然，隱約中傳來鐵店錚錚的打鐵聲。我的腦際油然響起了在學生時代家長會會長致詞的聲音。

他說：「……求學好像磨刀，必須要有恆心和毅力，鍥而不捨，永無休止的磨，方能磨出希望和理想。有了一把銳利的刀在握，那怕世途崎嶇險惡，荊棘滿目，皆可迎刃而解，化險為夷……」，想到這裏，我一躍而起，內心充溢著奮進的暖流。（59.4.7 中華日報）

鋪樓板

最近到學校值日，一進校門就看到堆積如山的砂石。不一會兒，來了一大羣工人，像小時候家裏割稻子一樣的熱鬧，經詢問才知道新建的教室要鋪造一樓樓板。我對於建造房子向來一無所知，決定利用這難得的機會，好好的開開眼界。

科學越文明，工商的分類越多，而分工也愈精細。以前蓋房子均由泥水師傅一手包辦，舉凡打地基、砌磚、上樑、蓋瓦、抹牆壁等，都不須假他人之手，因此建新房子只要找個好泥水師傅，假以時日就有新房子住，不用請這個催那個，處處受牽制。如今建築一行，隨時代進步，有了一百八十度的轉變，把工作分門別類，工人各司所長，要想蓋一棟房子，非得聚各類專門技能人才不成。單以泥水一項來說，就有專做挑砂石、磚塊的，有砌磚、抹牆壁的，有專包打造地板、樓板的，分工之細，不一而足，而工作效率之高，也就可想而知了。

「時間就是金錢」，這對打樓板的工人來說，再寫實不過了。人手一到齊，就各人準備各人的用具，如架設吊車，牢固砂石攪拌機，搬運水泥等。準備停當，立即展開工作。他們也是按工作分量，以求提高效率。這次水泥及砂、石的混合比例是一比二比四，所以倒水泥挑砂子，操縱攪拌機兼和水，管吊車裝倒水泥，在樓上接倒水泥及持電振器，都各由一人負責；挑石子、推獨輪車裝倒水泥及鋪平樓板，各有三人擔任。他們工作熟練，做起來得心應手，井然有序。像一部大機器似的，攪拌機一發動，每一個「小齒輪」就應聲活動起來，一擔擔的砂石，一滴滴的汗水，轉眼就變成正合比例的混凝土。除了喝水或機器加油外，他們沒有片刻的休息，儘管汗流浹背，大家還是全神貫注在自己工作崗位上。像蠶食一樣，一大片用鋼筋織成的鋼網被混凝土吞噬了，呈現在眼前的是平坦、寬敞的水泥樓板。「工欲善其事，必先利其器」，工作雖然已經告一段落，但他們仍不因此而鬆懈下來，緊接著將所有的謀生工具一一洗滌乾淨，才算「大功」告成。

這時候，泥水包商拿著一大把鈔票，找樓板承包工頭算帳。原來承包鋪造樓板每坪以一百元計算，工作完成即刻拿錢，乾淨俐落，令人稱快。然後工頭就把攪拌機、吊車租金和搬運費扣下，剩餘的錢就由參與工作的人均分。我暗地的盤算一下，他們工作五小時，共鋪了八十多坪，扣掉固定開支，每個人至少分到五六百元。工作固然辛苦，但代價也不低。雖然如此，他們以簡單的飯包果腹，一點兒也不浪費，這也許是他們比別人更瞭解賺錢不易吧！

由這次實地的觀察中，我深深的體會到「一分耕耘，一分收穫」。真正的生活，是充滿希望和奮鬪的，團結是力量的匯合，合作又是心力的表現，任何人不能脫離羣體生活，只有精誠團結，貢獻自己所能，羣策羣力，才能享受事半功倍的豐收。同時也使我證明了「積財千萬，不如薄技在身」的重要。只要精習某一種技能，一樣可以成家立業，造福人羣。（67.8.24 國語日報）

工作的好處

「玉不琢，不成器」，這是祖母常勉勵我們的話。記得小時候，每天放學回家，書包還沒有放好，祖母就開始分派工作，不是割草就是牽牛、放羊，再不然就是到田裏幫父母做零碎的工作，幾乎沒有時間休息，直到晚飯後才做功課。

長大後，凡是重大農事工作，大都留到星期天由幾個在外地念書的兄弟回來幫忙，所以每逢假日回家，就得放下功課，參加工作。父母不只是為了節省開銷，同時是要我們養成刻苦勤勞的習慣。在不斷的工作中，我們深切地體會到「鋤禾日當午」的滋味，跟「粒粒皆辛苦」的意義。使我們在往後的日子裏，不論遭遇任何困難，都能克服，這都得感激父母給我們的磨練。

「工作是磨練，忙碌是幸福」，只有在不斷地工作中，才能體驗更多的人生真諦，唯有在不停地忙碌中，才可以使生活更多采多姿。可是現在許多做父母的，因受社會「望子成龍望女成鳳」的觀念影響，生怕工作會耽誤子女的前途，一味要求孩子埋頭讀書，任何事都捨不得讓他們做。孩子也因太閑散而不學好，假藉念書之名，成羣結隊到處亂闖，惹是生非。社會是一個大染缸，「近墨者黑」，一不小心交上壞朋友，可能就會染上賭博、吸煙、偷竊等惡習，變成不良少年，斷送了孩子的前程，給社會造成許多問題。「一失足成千古恨」，做父母的不能不警惕。

給孩子適當的工作是必要的。使他們從實際工作中瞭解父母的辛勞，知道「一分耕耘，一分收穫」的真義，培養他們刻苦耐勞的工作態度，減少他們閑散的時間。總之，工作對他們只有好處，沒有壞處。（67.7.29 國語日報）

磨練

一個農夫，栽培一種作物，必須先經過選種、育苗、整地、下種，然後還要除草、施肥、灌水、噴藥……期間要講究經營方法，細心的管理，才能有豐碩的收穫。

自古以來，許多英雄豪傑，能夠留名青史，為後世歌頌，他們絕不是僥倖得來的。他們經過不斷的磨練，他們不怕挫折，他們能在失敗顛仆中，堅強地站起來。唐玄奘歷經千辛萬苦，終於完成到印度取經的宏願；孫武創作兵法十三篇，永享兵聖的盛名； 國父孫中山先生，領導革命，經過十次的失敗，不屈不撓，終於在武昌一役中，推翻滿清，締造了中華民國。

人生的道路，崎嶇險呃，失足跌倒在所難免，重要的是當我們不幸摔倒了，要能堅定信心，勇敢地站起來，冷靜地檢討，細心地策畫，擡頭挺胸，再接再厲地向前邁進，最後定能享受到苦盡甘來的甜果。
（67.11.2 國語日報）

精神第一

上學期，學校舉行社區運動會，當中一千五百公尺的壓軸戲，各社區為爭取這項榮譽，都選派年輕力壯的長跑健將，或專攻徑賽的選手參加，當中竟然夾著一位國中生。

「那個小鬼太不自量力了，也敢跟大人比。」選手就賽跑位置，觀眾裏有人不屑的說。

「可不是嘛，又小又瘦的，還想出風頭。」有人附和的說。

經過三圈，選手間的距離拉開了，幾個原先被觀眾看好的選手，眼看「大勢」已去，沒有奪魁的希望，就一個接一個，從沒有人注意的地方溜出場外，退出比賽。那位叫人看不起眼的國中生，却一圈接著一圈的跑完全程，雖然未獲入名；而他秉持著運動的風度，精神得了第一，贏得在場觀眾熱烈的掌聲。

我隨機告訴旁邊的小朋友：做任何事情，都要堅持到底，不可半途而廢，只要有信心，不斷的努力，終有成功的天。（69.8.23 中央日報副刊）

一本存摺

阿慶叔是一個地道的生意人，有一次送貨到街上，在走廊的書攤上選購了一個「勤儉致富」的匾額，準備懸掛在大廳上，惕勵子孫。

「爺爺，這四個字是甚麼意思？」他的孫子小雲問。

「勤儉的意思是……」阿慶叔想不出恰當的字眼解釋。

「勤，就是做任何工作都要像農夫一樣，腳踏實地去做；儉，就是不浪費。『晴天要積雨來糧』，平時有積蓄，急時不用愁。」阿慶嬸搶著為阿慶叔解圍。

阿慶叔聽到太太的解釋感到很慚愧，使他想到三十年前那段浪蕩的生活情景。

原來阿慶叔的家在村裏是小康之家，兄弟和睦相處，平常勤耕節儉，生活過得幸福快樂，是鄰里羨慕和讚揚的一家。阿慶叔由於身體不如其他兄弟健壯，不適農耕，家裏的財務和對外買賣、應酬，由他一人包辦。他因交友不慎，不知不覺中染上吃喝嫖賭的惡習，整天在外浪蕩，不務正業。親朋好友屢勸不聽，兄弟們只好決定分家，想喚醒他「回頭」重建家園。沒有想到阿慶叔分家之後，仍然執迷不悟，絲毫沒有悔改之意，最後拋下妻兒不顧，整天跟那些酒肉朋友鬼混。不久，他分的一甲多水田全賣光了。由於家計逼迫，阿慶嬸只好擱下家庭、孩子，到處替人打工、幫傭，掙錢養家。

阿慶嬸辛苦工作，又要照顧孩子，一家的生活重擔，把她壓得喘不過氣來。阿慶叔不但沒有收斂自己，反而變本加厲，將僅存的房產賣了，與那羣賭徒花天酒地，一連幾個月都不見人影。由於阿慶叔的不爭氣，兄弟們都不屑一顧，村人也厭惡他，逼得阿慶嬸無臉見人，只好攜小帶幼，投靠娘家。每天還是拖著瘦弱的身子打工養家，孩子也因家庭貧苦，國小畢業就輟學當小工去了。一個原本幸福美滿的家，因阿慶叔一時糊塗，弄得傾家蕩產。後來阿慶嬸由於積勞成疾，一病不起，要不是娘家兄弟細心送醫，後果真是不堪設想。阿慶叔賣田產的錢花完了，賭酒債臺高築，那羣酒肉朋友也離開他了，換來一批又一批要債的人，逼得他東藏西躲，走投無路，連太太生病都不敢回去探望。

在一個風雨交加的黑夜，陳老太在房裏聽到有人叫娘的聲音。推開房門，看到一個渾身溼透的人跪在她的面前。她真不敢相信這個不像人的人竟是她最疼愛的慶兒。老太太流著淚說：「孩子，一個好好的家，被你折騰到這個地步，難道你還不該回頭嗎？」「可是我……」阿慶叔淚流滿面，聲音顫抖的說。「只要你洗心革面，重新做人，沒有解決不了的事。」老太太說完，隨著從荷包裏陶出一把鎖匙，打開衣櫃，取出一包首飾和一本存款簿，慈祥地說，「這些首飾是你外祖母給我的，拿去還清債務。這本存款簿是我數十年來的積蓄，足夠你做個小本生意。」「娘！……」阿慶叔被母愛感動得一句話也說不出來。

母愛是滋潤新生的泉源。阿慶叔遵照母親的吩咐，償還了欠債，接回岳家的妻兒，離開使他墮落的是非之地，到鎮上租了幾間便宜的房子，買了一個小馬達，開始從事使他致富的生意「賣豆腐」。

每天早上，天還沒有亮，夫妻兩人就起來磨豆子，做豆腐，天剛破曉，就分別騎車到鄉下去賣，中午之前即可賣完回家。下午阿慶叔就到附近工廠打工，阿慶嬸留在家裏照顧孩子，料理家事，並利用做豆腐留下的豆渣，養了兩隻母豬。每次賣豬錢，一毛不少地存在銀行，專作應急或增購母豬之用；賣豆腐賺的錢，除了買豆子、原料和家用外，也都存入銀行。阿慶叔出身雖不算赤貧家庭，但經過那段荒唐日子之後，他比誰更珍惜金錢。

不久，阿慶叔發現豆渣養豬利益比賣有限的豆腐高。他也發現素食的人越來越多，豆類製品因此供不應求。於是他改製豆腐皮，既可大量留下豆渣養豬，又可迎合社會人士的需要。於是他不再做豆腐生意，將養豬儲蓄下來的錢領出來，買了一個大鍋爐，改製豆腐皮，同時也增加母豬的數數。由於阿慶叔製作豆腐皮的品質好，各地訂貨單如雪飄來，使他由一個鍋爐擴大到五個鍋爐，不僅養母豬，還擴建豬舍，將母豬生的小豬留下來養作肉豬，減少買小豬的開支。因此，阿慶叔存款的金額不斷地增加。四年後，他在郊外買了五分多地，大興土木，建了大批豬舍和煮豆腐皮的鍋爐，採現代化生產和企業經營方式，並喚回在外工作的子女回來幫忙，結束了多年租屋生涯。二十年後，孩子在父親事業蓬勃發展中，先後成家，孫兒們也都投入家裏的生產行列。為了家庭需要和解決工人住的問題，附近第一棟三層的高樓在他家的後院築起，第一輛自用小貨車也由他家大門開出。阿慶叔事業的成就，立刻遍傳鄰近的村落，大家對這個昔日的「敗家子」，莫不刮目相看。

阿慶叔雖然憑著毅力與信心，克勤克儉，使自己致富，但是仍然忘不了那段落魄、躲債、「無顏見江東父老」的悲慘日子。他也深知守成不易，因此一直煙酒不沾，除了日常開支之外，其餘的錢都存入銀行，並替他每個孩子開了一個戶頭，按月將他們應得的「薪水」存入，以備將來創業之用。「一朝被蛇咬，十年怕井繩」，這句話形容阿慶叔的轉變、新生，可以說再恰當不過了。如今阿慶叔的三個孩子，分別在不同的地方繼承父親的衣缽「製豆腐皮」，生意都很好。孩子們常常跟別人說，他們的事業是他們父親儲蓄的幫助；阿慶叔則跟人家說是他的母親存款簿的恩賜。（69.3.5 國語日報）

貓

我家穀倉，鼠害極為嚴重，每次打開穀倉，上層盡是厚厚的穀糠和一顆顆的老鼠屎，每年所受損害真是不輕。雖然屢次用捕鼠藥、滅鼠器誘殺，仍然無法可收實效，全家的人對於制止鼠禍真是一籌莫展。去年，鄰居黃伯伯家的母貓生了小貓，我就跟家的人商量花了一包沙糖（本地的習俗送糖使其旺巢），要來一隻灰色的小母貓。帶回來起初幾天，牠終日躲在籠子裏，「咪咪」叫個不停，飯也不吃，顯露著別離的悲悽和形單影隻的哀傷，看起來怪可憐的。慢慢地牠吃東西了，但是依舊有一點兒畏怯，常常躲藏在箱子裏，牀鋪下……可是自從牠來到我家，天花板上的老鼠再也沒有開過「運動會」；穀倉裏幾乎也找不到老鼠的蹤跡。因此，牠更成了全家人的寵兒，殘餘的魚頭魚尾都特別為牠留下。諾諾（我家的小狗）若是知道了不妒忌才怪呢！

最近，母貓在倉庫裏生了四隻小貓，兩隻黃的，一隻灰的，還有一隻黑白相間的。鄰居的小孩知道了，整天圍在那裏看個不停，尤其是剛學會走路的小姪更愛護牠們，成天抱上抱下，高興得手舞足蹈。一到晚上，母貓似有意跟小孩捉迷藏，偷偷地把小貓一隻一隻地叼到另一個地方去；讓小貓好好休息，享受舐犢之情，害得小姪手捧著魚骨遍找不著，急得哭起來。眼看小貓一天天地長大，母貓却一天天地瘦弱下去。儘管如此，母貓仍是愛子如命，一有食物就叼去讓小貓吃，而且時刻陪著小貓玩，或為小貓舐梳身體，整理儀容，或教小貓捉老鼠的技巧。牠那母愛的光輝儼如人類，使我深深地體會到母愛的溫馨，充滿在世界的每一個角落，只有沐浴在母愛裏才能滋長、壯大。

我家的貓掃蕩鼠害，成了老鼠的尅星，默默地為我家避免無數的損失，這是多麼值得歌頌的呀！前幾天有個貓販到我家來買貓，我問他是否轉賣給人家飼養，他說是賣小人家宰了吃的。我的天哪！人類的摯友甚麼時候淪落到這種地步？「死貓吊樹頭」的惡風陋俗，使貓死不得其所，任風吹雨打已經使我目擊心傷，現在竟然還有宰貓吃的。這個世界難道又回到「強食弱肉」的原始時代了嗎？我斷然拒絕賣貓。願藉此呼籲大家保護我們共同的摯友——貓。（59.11.26 國語日報）

富農不如小農

十幾年前本省每個農村裏，除了少數富農之外，絕大多數的小農戶耕完了自己的田，都有就地為人幫農的勤勞習慣。因此，農村人力充沛，工資低廉。儘管如此，他們仍然為「人是故鄉好，土是故鄉肥」「在家千日好，出外一時難」的濃厚鄉土觀念所拘束，不願離鄉背井到別處尋找工作。

本省自從進入工業社會以來，由於教育普及，交通發達，農人思想開通了，見識也大為改變，不再為農業社會的舊思想所拘束，紛紛「掛鋤」他去。我住的村子裏就有五分之一的人在外頭謀生；這些人全是小農們的子女。因為近年來農業的不景氣，農家收入不敷付出。工資又不斷地抬高，倘或天災、病蟲害發生，不但前功盡棄，還要賠本舉債。加上農事有定時性，不容易長期工作下去。所以這些生活清苦的小農，終於不再為區區的幾分地而猶豫，毅然將工作目標轉移到城市去。他們最先的理想是：能賺些錢回來貼補家用最好；不然，只要能自求溫飽，不增加家庭負擔也無不可。

由於近年來大城市工廠林立，加工區的急遽增設，給農村青年帶來了大好的工作機會。工廠工作比農耕輕鬆得多，免受風吹日曬天氣變換之苦。上班定時，加班有加班津貼，下班休息不必掛念這兒，不放心那兒。吃得好穿著時髦，每年都有一筆可觀的獎金。這與「日出而作，日入而息」的農村生活真有天淵之別，怎能不令一般喜愛虛榮的年輕人羨慕呢？所以原來只利用農閒出去賺外快的人，竟也一去不復返了。有的人索性將僅有的田地賣掉，或租給人家種，種田已經不再是小農的主業了。有的幾年下來不但以前負的債還清了，房子也翻新了，子女「如期」成了家，各就工作崗位，生活融融洽洽充滿幸福的氣氛，真叫鄰里刮目相待。而有「田地累」走不了的富農，終日為農事奔忙，尤其近來農民「外流」現象如火如荼，雖工資一再提高，還是雇不到工，遇上幾次歉收就東借西挪負債累累，田地竟成了累贅。鄉間流行一句諺語：「嫁給城裏乞丐，也不嫁給田莊富家。」由此可知多數農村少女的心向；孩子成不了家才是最令人棘手的事。難怪我一個親戚，家有七畝水田，可說是一個富農，孩子年已三十却討不到老婆。有一次聽到他老人家感歎地說：「我好不容易種了這些田，竟不如一個為人作工的，難道是我祖先沒積德嗎？」我想這該是農業急轉工業必有的現象。

政府正努力從根本上著手降低農耕成本，定有補助辦法，促使農業機械化，以節省人力，增加工作效率。辦理低利長期貸款，輔導農民發展副業，並開拓外銷爭取外匯，維護農產價格，以提高農村生活水準。協助改善社區環境衛生，使鄉村城市化等等，都是政府對振興農業所作的德政。此外，我盼望有關當局獎勵私人善用農產品在農村設置工廠，一則可以增加農民收益，再則可使農村青年就近工作，閒暇照料農事。將娛樂活動擴展到農村，使枯燥的農業生涯過得多采多姿，輕鬆愉快。並利用農閒舉辦短期技藝訓練。俗語說：「家財千萬，不如薄技在身。」有一技之長，才能適合時代需要，增加就業機我想朝著這個方向努力，必能繁榮農村經濟，緩和「外流」現象，對於改善農村「婚姻問題」將可指日而待。（64.3.3 國語日報）

還是農家好

阿英是鄰居黃伯伯的大女兒，自從國民學校畢業後，因為家庭經濟的關係，輟學在家幫助父母種田，並利用晚上或農閒時期在村子裏學裁縫。由於她天資聰敏，乖巧聽話，又孜孜不倦地學習，不到一年就學會裁製各種式樣的衣服，鄰居的衣服都請她做。她不僅裁製合身，速度快，又不取分文工資。因此在村子裏起阿英，沒有不讚揚的。

不久，黃伯伯因為田地數年歉收，兒子都上學校，家庭負擔日重，才忍心讓阿英跟一位親戚到臺北一家被服廠工作。阿英到臺北後每月所領的薪水除留下幾十塊錢零用外，其餘的都按月寄回來給黃伯伯貼補家用，減輕了不少家庭負擔。村子裏的人都羨慕黃伯伯有這麼一個好女兒，對阿英更是讚不絕口。鄰居相互間也常談論這件膾炙人口的事：「誰家祖宗積好德，能娶阿英做媳婦真福氣。」二伯母一五一十地說。

「別妄想她會回來，現在的女孩子哪一個不愛慕虛榮，貪圖舒服呢？」堂嫂却洩氣地說。

「但是阿英跟別人的見地畢竟不同啊！今年春節回來不是一樣到田裏幫黃伯伯除草嗎？」二伯母仍然不服氣地說。

時間過得真快，阿英到臺北工作四年了。跟他同去的那位親戚朱小姐在去年就結婚了，夫婦同在工廠工作，住在工廠宿舍，工作安定，生活舒適。曾經多次為阿英介紹男朋友，都被她婉謝了。不久以前，這位朱小姐夫婦星火趕回來，是他們廠長見阿英為人謙恭，工作又認真，想要她做兒媳婦，托他們回來跟黃伯伯說親。當天晚上黃伯伯跟他們北上，隔天就回來了，大家都向他致賀，他老人家却搖搖頭說：「時代不同了，做父母的只有養育的分兒。阿英居然說攀不上人家，我們總不能為她墊腳硬攀哪！」

最近阿英寫信給她教洋裁的老師楊嫂，說他再兩天就要回來跟鄰村一位青年訂婚。大家都不敢相信，後來還是從黃伯伯那兒證實了這件事。為了這件事他老人家曾跑了一趟臺北，叫阿英慎重考慮，沒有想到阿英却肯定回答：「爹！婚姻大事不比兒戲，草率不得。我都考慮過了，多年來我一直住城市，可是我的心却不時思念家。您可知道若不是為了工作，我也不會待在這兒。」她接著說下去，「時代不同了，住在城市的人都很現實，這裏找不到農村那樣濃厚的人情味，沒有農村樸實忠厚勤勞節儉的美德。每天匆忙緊張，生活完全機械化，精神沒有農村優閒舒適。雖然農村需要勞力，但是比起城市的既勞心又勞力，還是農家好。」大家都搶先向黃伯伯道賀，他老人家有所感地說：「我多虧了這麼一個有見識的女兒。」

（63.12.13 國語日報）

穀會

今天下班回家，父兄都不在家，一問之後，才知道都「吃會」去了。原來今晚姑父家，和村子裏黃伯伯家都「辦會」，所以爸爸和大哥都去參加這半載一次的聚會。

穀會在農村很盛行，因它隨稻子的收成繳會穀，不像「錢會」每月都逼緊，切合種田人的能力和需要。

一般穀會有五百斤和一千斤兩種，以稻穀折價，每半年標會一次，即在每期稻子收割前，由「會頭」準備一頓豐富筵席招待他的會員，（因會頭免利收用會員的穀子，每次標會則由他設宴款待會員，表示謝意。）穀會大都是左毗右鄰，不然，就是親朋好友組成，利息不高，完全是互助性質，極為可靠，可免倒閉之虞。以一千斤的穀會，十二個會員來說，大都標一百斤至四百斤不等，標中的人，有不同的約定，有的由會頭贈送麻袋或日用品，有的補予利息。倘有需要時標出來，逐年攤還，極為實惠。

四年前，我家參加三個一千斤的穀會，正好有人出售田地，大伯父邀我父親兜買下來，每人要六萬元，因農家資金短絀，我家一時無法湊到這筆錢，後來爸爸靈機一動，先在別處借錢購地，等稻子收割時就把兩個穀會標出來救急，由購得的土地生產物來繳兩個死會，足夠有餘，五年後穀會結束了，土地也成為我們所有了，一點兒也沒有負債的煩惱。隔一年三弟結婚，爸又把那一個活的穀會標出來使用，兩年之間買土地又娶媳婦，這在農村是大事，不知情的人莫不稱讚父親的本領，其實這是參加穀會的好處。因此穀會在農村極為盛行，因為它沒有都市倒會的通病，是農村儲蓄，運用最可靠實惠的辦法。（62.9.14 臺灣日報）

挑秧

又是插秧的季節了，每次看到農夫們忙著插秧，就會勾起小時候在鄉下老家挑秧的回憶。

臺灣屬於亞熱帶氣候，稻作一年兩熟，每次寒暑假都趕上插秧，身為農家子弟，協助農事是天經地義的事。插秧是農家的大事，臨到插秧的前一天，就得把秧鏟、秧籃、挑秧的擔子和插秧用的竹架等工具，準備齊全。當天一大早，所有插秧、挑秧的工作人員，一齊到秧田剷秧。插秧師傅先挑走自己用的秧，馬上下田工作；此後，源源供秧，是挑秧的責任了。

不曾參與農事，以為挑秧是一件輕而易舉的工作，其實挑秧也是一門學問。首先要學習疊秧，一把把手掌大小的秧苗，必須鱗次地由籃底盤旋疊起，不但要疊得穩，還不能折斷秧苗。學會疊秧之後，再練習「剷秧」。「剷秧」需要力氣，才能使剷起來的秧苗厚薄恰到好處，這樣不但挑起來輕些，插秧師傅也好分秧，皆大歡喜。剷得太薄，秧苗散散落落，不好疊秧，也影響插秧的速度；剷得太厚，太重了，挑不動，不好分秧，一定會挨插秧師傅的嘮叨。

挑秧看似比插秧輕鬆，其實並不盡然。一擔秧約五十斤重，常常要走上四五百公尺送到稻田的阡陌上。小時候力氣小，肩上挑著重擔，走在既狹窄又泥濘的田埂，時常摔得四腳朝天，渾身泥水，不到半天就變成泥人，把秧苗弄得亂七八糟，還要挨罵。挑秧還得眼明手快，隨時留意每個插秧師傅「秧船」裏秧苗的多寡，如果秧苗快插完成，就得馬上補給。每次端著秧跋涉在軟泥盈尺的水田裏，常有直往下陷的恐慌，往往一腳踩下去，老半天才抽得起來，真是寸步難行，有苦說不出。假使插秧的人多，挑秧的人手不足，那就有苦頭吃了。不僅剷秧的手都起了泡，就是挑秧的也都跑得上氣不接下氣，飯茶不思。所以，我當時常常想快些長大，學會插秧，就不必受挑秧之苦了。

如今科學進步，農業經營也跟著改善了，老式的耕種方法，慢慢淘汰了。在政府大力推展農業機械化中，插秧機代替人工，為配合機械作業，秧苗也改用箱式培育了，這樣不僅省了許多人力，工作效率也提高了。眼看過去種種就要變成歷史的陳蹟，要想再回味一下挑秧的甘苦都快沒機會了，驀地，使我對挑秧更有無限的懷念。（67.10.16 國語日報）

謹防騙鼠

日益複雜的社會，騙子也到處猖獗。時代進步，騙子的手法也不斷翻新，令人防不勝防。

每逢六、七月畢業時季裏，不打算升學的人，都為畢業後的工作，到處尋找門路，有的不厭其煩的書寫履歷表、自傳等，投向報載徵求人才的公司行號，盼望由此得到就業的機會。萬萬沒有想到，這正好供給一些虛設行號的歹徒招搖撞騙的機會。

鄰居黃伯伯家培弟，今年即將技藝工專畢業，父子為了工作，央三托四，分頭奔忙，為尋找工作弄得焦頭爛額。就在這迫切求職的時候，一天上午，有一個西裝革履，手提公事包，看起來一派斯文的青年人，乘坐計程車找到黃家來。說明他是 ×× 貿易公司的 ×× 部主任，黃家老么寄去應徵辦事員的事，已經過該公司多方審查合格，黃小弟還在學校準備考試，沒有時間到公司訂立合約，他們公司待遇優厚，每月二千五百元，另有眷屬補助、宿舍補助、加班等等。因而爭的人非常多。（隨即拿出一疊厚厚的應徵者資料讓黃家的人看）是培弟特別拜託他到家裏來跟黃伯伯訂立合約。接著又將黃家的情形描述一番，並拿出培弟寄去的履歷表給黃伯伯看。黃伯伯是一位忠厚樸實的種田人，看他講得頭頭是道，認為這真是千載難逢的好工作。一說必須繳五百元保證金，趕忙跟他簽了合約，並立刻東挪西借湊齊了五百元交給他，還感念這位先生勞駕幫忙，準備請他吃午飯。

這隻「騙鼠」見目的已經達到，那敢再逗留下去，推說公司工作繁忙，必須到南部視察業務，待培弟畢業即可上班，說罷一溜煙的走了。

黃伯伯心想，難得為培弟找到這份工作，內心非常高興，馬上寫一封限時信通知培弟，好讓他高興一番。培弟接信後覺得事情有蹊蹺，星夜趕回家來，一看那份就職通知書，並不是他寄履歷表應徵的那一家。黃伯伯才如夢初醒，知道上當。

我們相信每年為求職者受騙的人不勝其數，只是受騙者不願再找麻煩而沒有報案，自認賠錢消災。由於人們有這份天生的弱點，才使不肖之徒逍遙法外繼續行騙。

那麼怎樣防止受騙呢？我以為：㈠凡是陌生人來商簽任何書契或索取任何文件、私章，而本人不在，都應予婉拒。㈡「防人之心不可無」，不速客的言語，不可輕易採信，縱使他說出許多親朋好友的動向，也不例外。㈢離家在外工作或唸書的人，若非必要，儘量避免托陌生人帶東西，不然，也要先寫信通知家人。㈣警察人員利用村里民大會，提醒大家注家防範，受騙時應即報案，幫助治安人員緝拿「騙鼠」。（62.10.7臺灣日報）

愛與榜樣三十年

教育是國家百年樹人的大計，也是國家民族命脈之所寄。古今中外國家的強弱興衰，無不與教育息息相關。我們的復興基地——臺灣，所以能在短短四十多年間，於有限的資源下，締造舉世聞名的「臺灣經濟奇蹟」，外匯存底、貿易額、出國旅遊比例、國民所得躍升等經濟實力指標及政治民主化的輝煌成果，都名列世界前茅，使世界各國刮目相看。這除了應歸功於大有為政府的英明領導之外，各階層的教育工作同仁都能堅守崗位，犧牲奉獻，發揮專業精神，使教育普及而造就豐沛人力資源，投入各行各業功不可沒。

花開花落，歲月匆匆，轉眼之間，從事教育工作倏忽已三十個寒暑。三十年來一直堅守職責，以「愛與榜樣」為圭臬，秉持「學不厭，教不倦」的宗旨，始終未曾間斷，其間或從事實際教學，或擔任行政工作，或赴偏僻海邊，或背井他鄉，莫不全力以赴，因為我熱愛教育。個中辛酸苦樂，實非我教育同仁所能體會。

民國五十三年初次忝為教職，每天踩著「鐵馬」由家鄉莿桐出發跨越四個鄉鎮，往返四十多公里，到崙背鄉陽明國小服務。才到任就發現這些三年級小朋友已有整整半年的時間沒有固定老師上課，成績與另一班相差一大截，是一班沒有人願意接的班級。當時年輕力壯，即下定決心要好好把這班的成績拉起來。為了使學生瞭解課業，不知多少個日子，徹夜研究有效教學方法，並請教有經驗的前輩，記得為了要求全班都會背「九九表」，常常披星戴月回家。皇天不負苦心人，半年辛苦下來，班級成績由三十多分提高到五十多分，真的超過另一班級，學生振奮，家長肯定，校長讚許，更增進我對教育的信心。

雖然，在陽明國小僅短短的半年時光，但與學生打成一片情如手足留下的美好回憶特別多。其中一位李姓女同學，在離別二十五年後，只為說一聲「老師謝謝您」，竟然無次數輾轉查找到我。另一位顏姓同學留學韓國，每次回國一定過來探望；考取外交領事人員，不止一次邀請參加他的謝師宴，這些點都是為師者樂道的事。

自從擔任教職惟恐專業知能不足，有負家長託付，平時除不斷研讀各種教育書刊，努力充實教學內容，講求有效教學方法，極力做好「經師」外，並注重學生品德的陶冶，生活的輔導，以為「人師」。為了吸取教育新知能以提昇教學品質，於是先後到師專、師院、研究所四十學分班進修，使往後的教學生涯更得心應手，勝任愉快。

我生於農家，長於農村，深深體會父母養育子女之不易。執教一直秉持教育愛，儘量少體罰，以愛心教誨學生，自己則以身作則，與學生打成一片，以實際行為感化學生，關懷學生，教學生要感念父母的辛勞努力向學，做個有用的人。

民國五十三年起先後在土庫、三和國小服務長達十六年。無時不以學生為念，無日不以奉獻為榮。上課一向要求嚴肅，課餘即與學生打成一片，師生感情融洽，學生知所上進，家長也就放心啦！其間，最難忘卻的是，學校循例重新編班之際，班上小朋友竟然相約找校長要求不要編班拆散他們，害得校長既感動又無奈，費盡唇舌才安撫了他們失落的心，師生情感之融融可見一斑。這一班是三十年教學生涯中很特別的一班，由於他們孜孜的努力，均有傑出的表現，目前有醫師、教授、民意代表，老闆等，在社會各階層奉獻所學，是為師的我常引為榮的。

為進一步實現自己的教育理想與抱負，毅然參加國小主任甄試僥倖及格，教學生涯從此有了改變。儲訓結業奉派麥寮鄉偏遠的橋頭國小許厝分校當分校主任，並兼任一年級導師。每天騎機車往返跋涉五十公里，兢兢業業，風雨無阻，跟那群天真無華的「海口囝」一起上課，一同遊戲，一塊兒捉蝦捕魚，和樂融融渾然忘我。以愛心關懷、鼓勵他們，學生雖在文化不利環境中成長，成績仍然不斷進步，且應對進退有節，深受家長敬重，離今足足有十五個年頭之久，但逢年過節，賀卡，賀電，依然未曾間斷過。

隔年，回二崙鄉來惠國小服務，以身教代替言教，以無比的「教育愛」跟學生打成一片，循循善誘，時時想到學生，尊重長者，禮讓同仁，全心全力結合社區資源以及同仁力量振奮校風，締造不少佳績，廣受家長及地方人士的肯定，也讓自己榮獲師鐸獎的最高榮譽。

民國七十九年奉派接掌褒忠鄉潮厝國小，走馬上任即著手從改善教學環境，加強生活教育及充實軟硬體設備，在師生如家人，有目標、有計畫、攜手合作，共同努力下，短短三年半的時間，不僅校園煥然一新，各方面也有長足進步，「凡努力過的必留下痕跡」，目睹自己的教育理念得以實現，內心真有無限慰藉。（85.9 臺灣教育 549 期）

永遠的母校

母校就像母親一樣，永遠讓人懷念，讓人感恩。因為每個人在那兒受到呵護，得到關愛、鼓勵與成長。

離開母校已近五十年，但對母校的感念卻絲毫未曾因年歲增長而淡忘，與母校相關的訊息總是特別關注、留意。蒴桐國小是我第一個受教育的所在，也是生命開花和結果的據點。

半個世紀這段不算短的日子，但兒時的母校建築，校園的花木及求學生涯的點點滴滴記憶猶新，令人追憶、樂道。前些日子巧遇國小二年級級任年高八十歲的黃茂己老師，看到老師老當益壯，魁偉壯碩的身材不減當年，格外興奮。晤談之下，老師對五十多年前教過的小朋友如數家珍，能夠一一叫出名字，老師對學生的關懷，教學之用心，可見一斑，叫我感佩不已。

個人是臺灣光復後進母校就讀，每天由番仔庄的羼頭厝打著赤腳到學校，往返六公里，風雨無阻。光復初期農業落後，農村生活尤其潦困，身為農家子弟自幼即參與摘瓜賣菜、耕田整地、插秧收割等農事，在艱苦生活中養成刻苦耐勞、樸實勤儉的習性。當時家裏沒有電燈，晚間點「番仔油燈」作功課。父母常以不識字的切身之痛苦與無奈，鼓勵我們努力向學，盼望日後能謀個公職，免受日曬雨淋的農務之苦，這也許就是現在所謂的生涯規畫吧！

記得小學三年級，有一次書包（藺草編成的袋子）破個洞，兩支不及一寸的鉛筆漏丟了，上課時遍找不著急哭了，級任林若葉老師從抽屜拿了二支三星牌鉛筆送我，還拍拍我的肩膀說：「好好用功，有什麼困難告訴老師。」又有一次，梅雨期間校園因積水長青苔，一不小心滑個四腳朝天，滿身泥濘，同學們哈哈大笑。老師知道了，急忙回宿舍（老師是校長的千金），拿了一套深藍色毛織的制服讓我換上，還幫我把弄髒的衣服洗乾淨，那天回家，家人差點認不出我來。事隔五十多年，但老師如大姊般的關愛眼神，猶如昨日歷歷在眼前，永遠難忘，常懷感恩。

五、六年級蔡聯對校長當級任，時常鼓勵我們：「鄉下孩子要更加努力，才能出人頭地。」老師這句鼓勵的話，一直成為我努力的方針及動力，此生真是受用不小。

自母校畢業後忽已近半個世紀，服務教育工作也逾四十載，無時不以母校為念！全力以赴。時光的運轉，兒時的母校面貌已然完全改變，在歷任校長暨師長們辛勤的耕耘、付出之下，母校的一切也跟著時代的腳步邁進、成長，校友遍佈國內外各階層，服務國家、造福社會。近年來，更在黃校長民主、務實的領導，全體師長暨地方家長的支持、配合努力下，校務蒸蒸日上，不論在質的提升，及硬體的設備、教學環境的改善，都有長足的進步，廣受各界的肯定，這都是身為校友所引以為榮的。欣逢母校八十週年校慶，謹此祝賀母校校運昌隆，同時感念師長諄諄教誨，並與學弟妹們共勉。（90.4 荊桐國小八十週年專刊）

「群山遊蹤」攀古坑荷包山老少咸宜

荷包山位於古坑鄉北邊，是斗六近郊一處膾炙人口的登山、郊遊、休閒的好地方。每逢晨昏或假日，遊人如織，扶老攜幼，或爬山、或散步、或賞鳥，紅男綠女穿梭在綠巒綿亙，樹蔭蔽天，蜿蜒起伏的小道上，沐浴在綠意盎然的森林中，享受著沁人心脾的芬多精。

荷包山平均高度約海拔三百公尺，全區綠蔭連綿，以短木頭砌成的登山步道，長約二公里，沿途有相思樹相伴，兩旁雜木林茂密，空氣新鮮，其間還夾雜不少葉片光鮮亮麗的咖啡樹，四、五月間還結滿橙紅的小咖啡果，是其他登山地方鮮少看到的。

登山步道攤臥高低起伏、蜿蜒曲折的山脊，時高時低，上坡下坡，山勢緩和，最適合老少登山、休閒、觀賞植物、賞鳥、聽蟬聲蟲鳴等活動。

地母廟原名建德寺，建於清朝光緒年間，其間經過重建、增建、正殿依山勢建造，巍峨華麗，門廊、石雕，匠心獨運，廟前聳立造型獨特的八卦掌地球，九龍池，底層塑有九條姿態迥異的青龍，栩栩如生，清澈的池中錦鯉優游自在，生意盎然，前面人工湖湖心建有紅亭閣，頗有孤絕塵世之美。

登山的朋友可將車子停放在地母廟前停車場，再由廟的左側或右側的登山步道拾級而上，再依自己的時間，體力決定走全程或半程。山上有兩座可容數十人休憩的涼亭，設置在寂靜的綠林中，別有洞天。一般登山運動的朋友，常在喜歡在山上徜徉個把鐘頭，讓渾身汗水淋灕再下山到停車場旁的巴登咖啡座，品嚐本地產磨製風味濃郁香醇的咖啡，享受一下如在巴黎香榭大道喝咖啡的情趣。

路徑指南

外縣市從斗南交流道下，由臺一線轉往斗六方向，經斗六市南外環道（大學路）到成功路往草嶺公路前進，約十分鐘車程，即可以看到路右邊立有建德寺地母廟的紅色大牌樓，穿過牌樓越過山脊即到達廟前。（86.12.18 中華日報）

家

為了工作，背井離家，在他鄉異里漂泊了十多年，始終賃屋而居，雖然未曾遇到晚娘似的房東，但總不如在自個家來得自在逍遙，一家四口，生活在一間處處受拘束的小房子，「凝固」的空氣，幾乎令人窒息。

兩年前一個偶然的機會，在離內子辦公處不遠的地方，有兩間小房子出售。這個地方一則方便內子上班；二則孩子上下學毋須跨越馬路；又有二十多坪空地，可供公餘栽花、種菜活動筋骨，調劑生活之用，看來頗適合我們這個公教家庭，幾經考慮於是就買了下來。唯一遺憾的就是房子太矮了些。原來這房子以前是柑桔園用來儲存柑桔，放置農具的工寮，後來柑桔園廢棄了，工寮也隨著改裝成為主人孩子的書房了。這裡環境清靜，林木茂盛，入夜一片寂靜，沒有人聲的喧嚷，沒有車輛的怒吼，後面是一望無際，青翠得叫人展胸的田園，這兒可以聞到泥土的芳香，亦可享受恬靜、從容的田園生活。

為了起居需要，我們又在房子旁邊搭了一間小房子，供做廚房、飯廳、洗澡間之用，並將房子粉刷一番。搭建當天，父親、兄弟都從老遠的老家趕來幫忙。現在每踏進這間小房子，就如沐浴在溫馨的親情中，心中有說不出的感受。房子的粉刷由我跟內子利用下班後做的，她心細又有耐心，負責門、窗油漆，而我刷天花板跟牆壁。從實際工作中，我們學得許多油漆的技巧，同時也節省了不少工資的開支，每次一進門就看到那淡藍的牆，乳白色的天花板，深藍的窗，心胸不覺舒暢起來。為求方便擺設，我們買了一座鐵櫃存放圖書，又添置了一組大理石座椅，騰出一角充作客廳，靠窗處各放一張書桌，供孩子溫習功課。房子雖小又矮，可是採光好，空氣流通，裡面陳設整齊、樸實。暇餘就到後面空地種菜、施肥、除草，重溫小時候的田居生活，不論種菜、或種花，都曾有過豐碩的收穫，把早晚耕耘的成果分享鄰居、親友，這是多麼愜意的事。

時間在歡樂中過得特別快，住進這棟小矮屋，眨眼三年過去了。由於房子前面的柏油路面逐年鋪高，使這棟原本矮小的房子在路上看下來更顯得不像房子，加上為防範颱風侵襲，在那蝕舊的瓦片上還壓上各類各樣的磚頭、石塊，更顯得瘡痍滿目了。難怪孩子常常自嘲的說：「我們家真像個『烏吃梨』外表其貌不揚，裡面却『五臟俱全』」。我總報以會心的微笑，並藉機鼓勵他，房子跟人一樣應求內在的充實，不必計較外表的華美，才能出人頭地，做別人所不能做的事。

去年一個富商在我家旁邊，蓋了一幢設計新穎的二層樓別墅，據說光內部的裝潢就花了兩百多萬元，陳設的富麗堂皇自不待言。我們這棟原本矮小的破房子，相形之下，實在不成比例，真是小巫見大巫。由於美與醜、高與矮，形成強烈的對比，路過這兒的熟人，看看那棟高樓大廈，再看看我們這棟破舊的矮房，莫不異口同聲的說：「這間房子也該改建了。」其實我們何嘗不想讓房子「抬起頭來」？住個像樣的家，只是不忍將一棟好好的房子打掉，因為那不僅是一種無謂的浪費；也是美德的瓦解。更何況我們一家四口生活在這個小天地裡，是多麼美滿、安康。

曾國藩說：「知足常樂，終身不辱；知止常止，終身不恥。」我們豈能捨近求遠，去圖謀浮華呢？我們喜愛這個家，我們要長久的住下去。（71.10.18 新生報）

鄉下人的身體

我生在農村，長在農村，自幼對農事耳濡目染，而且經常參與農事工作，雖然不能像父親作得那麼細緻老鍊，但是對於「日出而作，日入而息」的農村生活卻頗能適應，也很喜愛。我從小時候就特別喜愛田野，常跟爸爸到田裏去，儘管他們工作的時候，將我丟在田園一角，我獨自在那兒挖蚯蚓、擲土塊、雕泥人……也玩到手舞足蹈。

稍長，由學校放學回家，將書包一掛，鞋子一脫，就光著腳往田裏跑，或幫爸爸除草澆水，或幫大哥採豆收瓜。因為當時家裏人手短少，重大的工作常留到假日才做，我們兄弟幾個人放假在家，一起做田裏的工作，不論是翻土、除草、施肥、澆水……都能勝任愉快，村子裏的人常以「文武雙全」來稱讚我們。就這樣日積月累，將我磨成道道地地的種田人！古銅色的皮膚，粗糙的手腳，無形中也使我養成了刻苦耐勞的習慣。

民國四十九年，我抱病入營服役，爸爸媽媽及許多親朋都為我能否經得起憲兵訓練中心四個月的嚴格訓練而擔心。入伍不久的一個禮拜天會客時間，有一位同學到訓練中心去看我，正好有一個隊冒著炙熱的太陽出特別操，個個面紅耳熱，汗流浹背，精神飽滿，動作整齊一致，氣氛極為嚴肅。他悄悄對我說：「老蔡，這種訓練我看你受不了，趁剛入伍向指導員申述理由回去改換其他兵種，以免累壞了身體。」「我要試試看。」我笑笑的回答他。說也奇怪，在這不算短的一百二十多天裏，一連串的跑跳爬滾、劈刺、單槓、木馬、野戰、摔跤、行軍……如潮水湧來，除了頭髮遭殃外，身子非但沒有被整慘，反而比以往更結實，體重由五十六公斤，增加到六十二公斤。返鄉度假，父母親友樂得圍過來詢長問短。我說這是正常規律生活的妙處；軍中生活起居定時，足夠的操練，充分的休息和娛樂，心曠神怡，豈有不健壯之理？不過這也應該歸功於平素操勞種田，給身體打好了基礎。

退伍返鄉重溫粉筆生涯，為了方便起見，調回距家六公里的學校服務，每日騎「鐵馬」往返通勤上班，因時間較為繁促，未能經常參與農事工作，就將屋後的水田撥出一塊來種菜，好利用早晚閒暇時間活動活動筋骨。我先將泥土翻鬆、搗碎，加上堆肥作基肥。然後，作成各種形狀不同的畦畛，或成長方形，或成圓形，或成菱形，深挖溝渠。在菜園周圍自己圍上鐵絲網，砍下幾根竹子搭個瓜棚或用竹竿插成三腳支架，這些豆子和瓜類、畦上播種各類蔬菜，有時也買此花苗種下，點綴點綴一下菜園增加它的美麗。有了這座菜園以後，翻土，移植，澆水，除草，添肥，便成了我每天早晚例行的要事之一，因此一下了班，換上工作服就往菜園奔去。眼看著自己種出來的菜，翠綠繁茂，欣欣向榮，心裏真有說不出的愜意。自己種的菜嫩綠新鮮，美味可口。工作之餘躑躅其間，更別有一番逸趣。種菜屬種田的一部分，工作適可而止，既不劇烈又可充分活動筋骨，也是打發閒暇的最好方法，於身於心都有裨益。我這個鄉下人的身體，永遠閒不下來，好處也就在這裏。（59.11.28 國語日報）

童言童語你我他

童詩、童話

蝸牛

蝸牛，蝸牛，最害羞，
常常躲在殼裏作夢遊。
蝸牛，蝸牛，最有恒心，
一步一步往前走，
中途絕不作逗留。
蝸牛，蝸牛，最好靜，
只有在沒有喧嘩的地方，
才能找到牠的蹤影。
蝸牛，蝸牛，最機警，
出門總愛帶著房子走，
遇有風吹草動就往房子躲。

（74.4.16 新生報）

拔河！

白天跟夜晚愛拔河，
一年到頭拉拉又扯扯，
自從春分拉平手，
白天就趁著夏至天氣熱如火，
一口氣把夜晚拉過河。
夜晚不氣餒，
再接再厲不收手，
拉到秋分又平手，
夜晚不怕冷，
終於在冬至把白天拉過了河。

（74.1.8 新生報）

「童詩示範」春天，來了

樹林裏的小麻雀，
一大早，
吱吱喳喳的談個不休，
原來，
昨晚，光禿禿的枝頭上，
冒出了點點綠苞。

× × ×

池塘裏的白鵝，
大清早，
忽上忽下的潛入水中。
原來，牠急著告訴魚兒，
春天，已經來了。

（73.4.8 新生報）

煩惱

煩惱像一個解不開的繭，
緊緊的纏住我，
使我坐也不是，站也不是，
食之無味，視若無睹。

× × ×

爸媽的關愛，老師的鼓勵，
是斬除煩惱的慧劍，
只要輕輕一揮，
所有的煩惱就消逝得無影無蹤。

（76.6.6 新生報）

天空愛漂亮

天空有許多件衣裳，
早晨穿著朦朧的薄紗，
中午卻換上靛藍的長袍，
傍晚又穿上金黃色的彩衣。
小鳥們都非常驚奇，
成群結隊的飛來飛去，
東張西望的到處傳消息。

白雲結伴的，
駕著車，開著船，乘飛機……
急急忙忙的趕來看這場時裝展覽。

太陽最好奇，
一大早就起床，

爬得高高的欣賞天空那一件又一件漂亮
的時裝表演，
笑得一張臉紅噗噗的才肯休息。

（76.1.25 新生報）

路

路是大地的血管
由城市流向鄉村
從窮鄉到僻壤
伸展到任何一個地方
不管
是平坦的柏油路
沙塵飛揚的石子路
或是
崎嶇的羊腸小路
心裡只有一個願望
就是引導人們到他想去的地方
讓各地繁榮、熱鬧起來

翠翠的榮耀

「真是不可多得的好盆景。」

「不愧是得到特獎的盆栽。」榕樹翠翠聽到參觀的人對它的一連串的讚美，心裏真有說不出的高興。想起自己還是種子的時候，被一隻白頭翁，甩在那座古廟的磚縫裏，它萌芽一看，周圍盡是硬梆梆的磚頭，上面只有短短的「一線天」。在那又狹又窄，黑漆漆的磚縫裏，可真會把人憋死。它曾下決心要跑出那個可怕的「死洞」，誰知掙扎了老半天，一點兒用也沒有。它急得又叫又跳，可是偌大的破廟，誰聽得到它的呼叫呢？

有一天，烏雲密布，不久就下起大雨來了。翠翠充滿了希望，它想雨水灌滿了磚縫，它就可以浮起來了。信心使它鼓起了勇氣，可是它失望了，雨水又沿著裂縫流失了。雨過天晴，炙熱的太陽照射在牆上，翠翠好像困在火爐裏，渾身熱烘烘的，幾乎透不過氣來。晚上，廣闊的廟園裏，寂靜的有點怕人，到處都是陰森森的，寒風一陣陣地鑽進磚縫裏，使它連打了幾個寒戰。正在這個時候，忽然傳來沙沙沙……的聲音。

「誰呀？」翠翠驚慌地叫起來。

「是我啊！」小青苔頭也顧不得擡，拼命把細細的根毛伸到潮濕的地方去，吸取難得沾在牆上的水滴。

翠翠暗想：「連那小小的青苔，都能克服惡劣的環境，快快樂樂地活下去，我為甚麼不能？我也要從磚縫中挺出去，不能空等奇蹟的出現。」想到這些，它輕鬆多了，再不相信夾在磚縫裏是死路一條。把軟軟的鬚根伸展到濕濕的裂縫裏吸取水分，努力伸枝展葉。

翠翠慢慢地長大，終於爬上了牆頭。它看到美麗的世界，聽到婉轉的鳥聲，也享受了溫暖的陽光，心裏真有說不出的高興。但是它並沒有停止努力，它希望跟別的朋友一樣，高高的聳立著，讓更多的陽光照在它的身上，招來更多的小鳥為它歌唱，於是它長出更多的根，吸取更多的養料。它那盤錯交叉的根，緊緊地纏繞在牆上，任風吹雨打，它仍然毫不動搖地直立著。

「好漂亮的榕樹啊！」一個頭髮蒼蒼的老伯來到廟園，發現了牆上的翠翠，高興地叫起來，「真是難得的盆景材料啊！」

老伯伯到廟裏拿來一把小鏟，小心翼翼地把翠翠的根，一條一條的從磚牆上剝下來，把它帶回家去種在一個長方形的大花盆裏。每天早晚細心地澆水、修剪、整枝，把翠翠照顧得無微不至。

不久，翠翠變成了一盆老根崢嶸，樹幹蒼勁的上好盆景。時常有人來欣賞它的雄姿，大家都讚美它，有人出高價要帶走它，可是老伯伯捨不得。鄉裏慶祝農民節，特別舉辦一次盆景比賽，老伯伯在許多朋友的鼓勵下，把翠翠拿出去參加，評分結果，翠翠果然得到特獎。一條金黃的綵帶掛在它的身上。翠翠高興，老伯伯也笑得睜不開眼睛了。（66.12.26 國語日報）

田野大合唱

一連半個月，天氣炎熱得不得了。屋子裏的電扇，一大早就轉個不停，外面的樹梢動也不動，樹底下的雞鴨都張著大嘴「ㄏㄜ！ㄏㄜ！」地喘氣，大水牛在池塘裏，泡了老半天的水，還拉不上來。

午後，西南天邊，不停地冒出烏雲來。一會兒，就把整個天空都染黑了。

雷伯伯被太陽公公曬得大發脾氣，「轟隆！轟隆！」地跑過來，跳過去，叫個不停。

雨叔叔忍不住雷伯伯的大聲嘶叫，終於潑下大家最喜歡的水來。

「下雨啦！下雨啦！」大地上的生物，歡天喜地的叫喊。

陣陣的雨水，把燙人的熱氣沖沒了。大地的一切生物沐浴在清涼的雨中，又充滿生氣，活躍起來。

晚上，雨停了。滿天星光燦爛，清風徐徐吹來，顯得格外的涼爽了。

長久悶在洞裏的老蛙，實在再待不住了，「撲通」一聲，跳進池塘，爬上浮在水面的睡蓮葉上，舒展一下身子，隨著就「閣！閣！閣！」地哼起歌來了。

「汪！汪！汪！」躺在屋簷下的小狗，很久沒有聽過蛙叫，驚奇地叫起來。

「喵！喵！」睡在沙發上的小貓，被狗吵醒了，叫了兩聲，弓起背走了。

「啾！啾！唧！唧！嗡！嗡！……」田野的花堆裏草叢中，也傳來陣陣的蟲鳴。雜亂的叫聲由四處響起，刺耳難聽。老蛙覺得你一句我一句地唱，音調高低不調和，好像你罵我我罵你，怪難聽的，不如大家來個大合唱，也許會動聽些。於是牠就放開嗓門大叫：「各位兄弟們！我們已經悶了很久了，今晚讓我們痛痛快快開個三部大合唱晚會，好嗎？」老蛙話一說完，就聽到熱烈的掌聲。

於是田野大合唱開始了。青蛙把肚皮鼓得又高又大，小蟲兒也把脖子拉得長長的，牠們都想好好地舒展一下自己的歌喉。接著，悠揚的歌聲響起了，像流水一樣流遍了原野。每一個曲子，都是那麼美妙，那麼扣人心弦。

月姑娘偷偷撥開烏雲，傾聽這優美動聽的旋律，小星星也聽得直眨眼睛。

屋簷下的小狗，四條腳緊貼在地上，閉著眼睛，陶醉在歌聲中。「這才是真正的〈田園交響曲〉。」老爺爺伸個懶腰，連聲讚美。

牠們一曲又一曲的合唱，不知唱了多少曲子，一直到「喔！喔！喔！」的雞啼聲此起彼落，才告停止。

（65.8.9 國語日報）

勇敢的小花鹿

小花鹿樂樂，身體很結實，全身都是咖啡色的長毛，中間雜有鵝黃色的斑點，走起路來威風十足。

樂樂很喜歡幫助人，因此，鹿羣裏不論有甚麼事，都有牠的一份。由於牠對待同伴非常親切，又肯聽長輩的話，鹿羣裏沒有不知道牠的，跟牠在一起玩的同伴一天比一天多。

有一次，有些小鹿沒有辦法跳過一條深溝，大家望著對面的青草流口水。正巧樂樂打這兒經過，看到大家在炎熱的太陽底下焦急的樣子，牠就自己趴在那狹窄的溝上，讓那些弱小的小鹿，一一從牠的背上踩過去。牠的同伴對牠這種不辭辛勞的服務精神，既羨慕又欽佩。

有一年，牠們把附近的樹葉吃完了，小鹿和年老的鹿都沒有辦法採到高處的食物。樂樂就領著幾個身強力壯的同伴，跳躍著攀採高處綠嫩的葉子，供這些老小吃。大家都吃得肚子鼓鼓的，牠自己卻一片也還沒吃。天快黑了，同伴勸牠趕緊吃一點兒東西好趕路回去，可是牠為顧全大家，卻幽默地說「我是牛肚子，先送大家回去，回頭我再來好好的享受一番。」同伴知道樂樂一向急公好義，就不再跟牠爭辯。樂樂帶著大家渡過淺河，越過懸崖，到達安全地帶，才自個兒回到剛才的地方去覓食。可是這時候天色已經暗了，較低處的食物都被採光了，牠渾身精疲力竭，望著高處的樹葉，卻沒有一點氣力跳上去採，只好撿著地上剩下的充飢。

又有一次，因為附近的樹葉和青草都吃完了，照例要轉到另一個有水草的地方住下。為了逃避獅子和老虎的襲擊，必須繞一個圈子，多走一天的路。樂樂自告奮勇地說：「我想作前鋒，先走一步，如果有敵人出現，我可以把牠引開，讓大家安全。」

大家很平靜順利地到達目的地，但卻看不到樂樂的蹤影，大夥兒都惶惶不安。入夜了，大家正等得非常焦急的時候，突然在遠處看到一團黑影慢慢的蠕動，仔細一看，原來是牠們心目中最勇敢的英雄——樂樂。大家非常高興地迎過去，可是走近一瞧，大家都嚇住了。樂樂背後被抓了好幾個洞，滿身皮破血流，傷得很重。

樂樂告訴大家：牠遭到一隻老虎的襲擊，為了顧及大家的安全，牠就引著老虎跑到另一條路，好幾次被老虎的利爪抓上，弄得遍體鱗傷，幸虧跑得快，才能摔開老虎的追擊。牠雖然身負重傷，還是使盡氣力回到同伴的身旁，可是由於傷得太重，流血過多，昏了過去。樂樂雖然遭遇不幸，但是同伴們都夜以繼日的照顧牠，在每個同伴的心目中，牠永遠是聰明、勇敢的。

後來，大家一致推舉樂樂做牠們的領袖。從此以後，樂樂更加努力地保護大家，為大家服務。（63.3.25國語日報）

負責的夏村長

我國大陸上北方的冬天十分寒冷，冬天一到，大地就被一層層厚實的白雪覆蓋，除了一叢叢青綠蒼勁的松柏外，所有的生物幾乎都進入冬眠。儘管聳立在山坡上的松柏，緜延不絕，仍然掩不住那一望無際的「銀色世界」。

一到夜裏，一陣陣刺骨的北風，呼呼地吹著，松濤的吼聲，不絕於耳，時常還夾雜著一陣陣的長長的狼叫聲，使廣大靜寂的雪地增加了不少淒涼恐怖的氣氛。

近幾個月來，山下的長青村，接二連三地受到野狼的騷擾，家禽畜受害的不計其數。今年入冬的前一個晚上，村長夏老伯招集了村子裏的壯丁，共同謀求防止狼害的辦法，好保全村民生命財產的安全。

「不好啦！不好啦！」正當大家商討的時候，何家的長工阿山驚慌失色地衝進來說：「我家的小羊被野狼咬死了。」

大家聽到這個意外的消息，不約而同地往何老爹的家衝去。一進羊舍，只見七八隻小羊被野狼咬得鮮血淋漓，死的死，傷的傷，氣息奄奄地臥在那兒，真叫人目不忍睹。大夥兒看見這羣可愛小羊的死傷，又難過又氣憤。一向熱心負責的夏老伯，面對村民的損失，認為自己沒盡到責任，非常愧疚。

經過這次慘痛的教訓，大家下定決心，非徹底杜絕「狼患」不可。夏老伯請村子裏的壯丁出來幫忙，經過編隊，訓練以後，立刻開始輪流守夜的工作。七十八歲的夏老伯，每天晚上都帶著家裏那兩條心愛的狼狗，參加巡邏的行列。夏老太太也督促媳婦每晚做點心、煮熱湯，供給輪班守夜的壯丁熱熱身子，並慰問他們的辛勞。由於夏老伯夫婦的愛心和鼓勵，全村村民士氣大振，大家更團結合作，守夜、巡邏的工作也更加積極，更加嚴密。

夏老伯為了徹底知道狼羣的動向，不顧惡劣天氣，每天晚上一個人偷偷地跑到村外的山丘上觀察。一連觀察了很多天，夏老伯終於發現到村裏來騷擾的狼羣，是由一隻灰色母狼領頭的。這隻母狼聰明、機警，動作敏捷，嘴裏不時發出怪聲，遇有異常情況的時候，牠總是最後才離開。

有了這項發現以後，全村人更提高警覺，加強防範工作，並在野狼出沒的山丘挖掘陷阱。每天晚上都派人埋伏守候，等待狼羣掉落。

一個天氣非常寒冷的夜晚，天空飄著密密的雪花，整個荒郊野外顯得格外淒涼，遠處頻頻傳來野狼聲聲的哀鳴，更使人毛骨悚然。經驗告訴夏老伯，這是狼羣來犯的前奏；於是他帶著全村的壯丁，埋伏在野狼出沒有山丘附近。果然不出所料，午夜過後不久，山丘上突然出現一團團的黑黝黝的影子。夏老伯眼見時機成熟，一聲令下，大夥兒應聲圍上去。野狼一看情勢不妙，倉皇間亂成一團，落荒而逃，結果都掉進村人挖好的陷阱裏，很輕易地就被逮住了。

天亮了，村民聚集在廟前廣場，敲鑼打鼓，放鞭炮，興高采烈地慶祝一番。壯丁們一起將夏老伯這個熱心、負責的村長擡得高高地，大家對這個老村長表現出最高的崇敬和感激。

從此以後，長青村再沒有看見野狼的蹤影，村子裏又恢復了本來平靜安樂的日子。（72.10.14 國語日報）

長不高的甜甜

小羊桃甜甜，是新培育成功的優良品種。它的新主人從老遠的苗圃，把它買回來，昨天晚上摸黑把它栽種在果園裏。

清晨，甜甜被清脆的鳥叫聲吵醒。它睜開眼睛一看，周圍都是高得看不到頂的芒果、柳丁、芭樂、梅子、……，甜甜這才知道自己是多麼矮小。

「各位大哥，大家早！」甜甜親切地跟大家打招呼。

「小兄弟，早！」只有離他最近那株又醜又駝的老梅，跟它招手。其他的果樹都用不屑的眼光看著它；有的還交頭接耳，不知道講此甚麼。

「小東西，你是從那裏來的？」甜甜正疑惑的時候，那棵身材高大的芒果開腔了。

「這……」甜甜不知從何說起。

「哈哈，是天空掉下來的。」芭樂幸災樂禍的。

「那一定是天之驕子咯。」搗蛋的芒果還是不放過它。

「哼，來了這個傻小子，可真把我們這個果園的面子丟盡了。」柳丁也冷冷地說。

「可不是嗎？」大家異口同聲地吼著。

他們你一言我一語地把甜甜激得眼淚汪汪的。因為它從沒有想到，會有人這樣對待它。

「好啦！好啦！你們說夠了沒有？」老梅聽得實在忍不住了：「難道你們天生下來就這麼高大嗎？弱小的朋友，我們應該照顧它，保護它，怎麼可以欺負它呢？」

老梅這麼一叫，大家再也不敢講話了。

晚上，甜甜摸摸自己的身子，又想起白天那場冷嘲熱罵，抑不住心裏的難過，偷偷地哭起來。

「小兄弟，別哭啦！」旁邊的老梅聽到了，安慰它說：「在任何惡劣的環境中，都要撐得住，挺得起，才能叫人敬重啊！看你，受了這小小的刺激，竟哭成這副樣子，怎麼可以呢？」

「可是……我這麼矮小，怎麼辦？」甜甜哭喪著臉。

「傻孩子，最笨的人才會只重視外表。不要自暴自棄，快堅強起來。」老梅一再激勵它。

「謝謝梅伯伯，謝謝梅伯伯，我會的。」甜甜想起老梅枯瘸的枝幹，都是奮鬥的痕跡，決心學習它那不屈不撓的精神。

從此以後，甜甜每天都過著快樂的生活，臉上也常掛著笑容，它不再計較別人對它七嘴八舌的批評或挖苦，一心一意把根伸到更遠的地方，吸收更多的養分跟水分，使自己長得更高，結更多的果子。

「哇！這棵小羊桃長的好快呀！」不久，主人來到果園，看到甜甜，高興地叫起來。

甜甜聽了主人的讚美，也高興得幾乎跳起來。它的努力伸枝展葉終究沒有白費。

主人眼看著甜甜一天天壯大，恐怕颱風傷害它，就搬來許多竹竿，搭了一個又一個寬又長的棚子，讓甜甜的枝幹舒舒服服的匍匐在棚子上。從此，它只好向四面八方伸展了。

冬天一過，甜甜終於開花了，紫紅色的小花，開滿了所有的枝幹。蜜蜂、蝴蝶、小鳥……，都紛紛趕到棚子來向它道賀，甜甜樂得合不上嘴。

沒多久，棚子底下結滿了密密麻麻的果子。

羊桃成熟的時候，主人帶著他的孩子小柏到果園來。一進果園，小柏看見甜甜就大叫：「喔，這麼小的羊桃樹，怎麼會生這麼多、這麼大的果子？」

「它是最新培育成的軟枝羊桃，矮矮的就可生出又大又甜的果子。」

「爸，那我們為甚麼不多種此呢？」小柏一邊啃著羊桃，一邊說。

「怎麼不？這種羊桃產量多，品質好，容易管理，又不受風害，我正準備大量栽種呢！」

甜甜聽到主人的計畫，心裏很安慰，它將有更多的朋友了。

周圍的芒果、芭樂、柳丁，看到矮矮的甜甜竟能生出那麼多的果子，既羨慕又慚愧，紛紛向甜甜說：「小兄弟，我們小看你啦！請你原諒吧！」

「那裏，那裏，都是大家的鼓勵和保護，我應該感謝大家才對。」甜甜把頭抬得高高的。

「真是個了不起的孩子。」老梅在一旁暗暗地稱讚它。（65.9.24 國語日報）

老抽水機

抽水機浦浦孤零零地，站在柑桔園偏僻的工寮旁邊，默默地為主人工作了二十多年。

一年裏頭，它最喜歡夏天，因為在這炎熱的季節裏，才有更多的朋友來陪伴它，才有更多的事要它做。

夏天裏，桔子園裏的雞鴨找它喝水、戲水；主人要它噴農藥殺害蟲，灌桔子園的水，……雖然它每天都汗流浹背的工作，但却十分快樂。

尤其是主人的孩子，由學校放暑假回來，都會住到安靜的桔園來念書。他們經常喜歡在它身上摸摸這兒，動動那兒，浦浦也隨時供應他們最乾淨的地下水。他們兄弟常會讚美它：「還是我們的老抽水機的水甘美、清涼。」浦浦每次聽到這些話，就高興地把搖水的把手舉得高高的。

浦浦最喜歡聽他們兄弟坐在自己旁邊，談論功課或談天。不管它是不是聽得懂，它總是屏住氣靜靜地細聽著，因為有他們兄弟在的日子最快樂。

好景不常在，桔子因土質不適，枯死了一大半，主人損失不少，不得不忍痛把桔子廢掉，改種水稻。

雖然稻田裏無法引來灌溉水，但是主人也嫌浦浦供水費時費力，就在離它不遠的地方，鑿了一個動力的深井，用來抽水灌溉稻子。

浦浦以為再沒有人喜歡它了，每次看到深井噴出雪白的水花時，心裏既妒忌又難過。因為沒有人去接近它，蔓長的雜草，快把它埋沒了，風吹雨打，使它身上長了不少青苔和鐵銹。浦浦每次看到自己這副樣子，傷心得幾乎哭出來。

「啊！那邊有一個抽水機，可以洗手了。」一個滿手泥濘的孩子，好像發現新大陸似地喊著。

浦浦抬頭一看，原來是兩個全身泥濘的小朋友，它正準備幫他們洗去泥土時，後面那個小孩高聲叫著：「不能動啊！那老抽水機很久不用了，水一定很髒，還是到我家去洗自來水吧！」

浦浦聽了，難過得掉下淚來。

「撲通！撲通！」兩隻青蛙一起跳進浦浦前面的蓄水池。

「你們想幹甚麼？」浦浦睜眼一看。

「謝謝你給我們這麼涼快的水，我們願意陪伴你。」青蛙異口同聲地說。

「真的？」浦浦不敢相信。

有一天，烏雲密布，強烈颱風挾著狂風暴雨來了，大地被襲擊了一晝夜，農作物、房子損壞不少，電線發生故障，電停了，水也停了。

正當大家為煮飯、洗澡焦急的時候，忽然想起了工寮旁邊的浦浦。於是大小水桶一窩蜂似地，集合在浦浦的面前，等著提水。

「要是沒有這老抽水機，可就慘了。」

「可不是嗎？沒有這老抽水機，一天都不好過。」

「還是老抽水機管用，不受任何約束。」

大家七嘴八舌的，聽得浦浦心花怒放，它笑了，它更起勁地為大家汲水。

從此，浦浦再不氣餒，不寂寞了，因為大家還是懷念著它。（65.9.3 國語日報）

西北雨

炎熱的夏天，太陽像一個燃燒的大火球，把大地上的萬物烤得熱烘烘的，到處都顯得懶洋洋的樣子。

降旗的時候，西南方的天邊，像老火車頭的烟囱一樣，不斷的冒出黑烟來。一會兒，就把整個天空都染黑了，太陽被重重的烏雲遮住了，天空呈現一片漆黑。

風呼呼的吼著，小鳥兒吱吱的叫著，路上的行人和車輛也如躲警報似的匆忙起來。

「快下雨啦！快下雨啦！」小孩子吆喝著。就讀一年級的小玫，眼看就要下雨了，心裡害怕起來，因為她從小就怕閃電和打雷。常聽媽媽說她小時候一聽雷聲，就嚇得哇哇哭，跌跌倒倒的找奶奶，把頭深深的埋在奶奶的懷裡，很久很久都不敢露面。

「轟隆！轟隆！」西南方黑黑的雲朵上，不時閃出幾條金黃耀眼的亮光，緊接著就是震耳欲聾的巨響，小玫心裡愈發慌張起來。「糟了，今天硬不聽媽的話，沒將雨衣帶來。」想到這裡小玫急得幾乎哭了起來。

「老師，我想跟我的哥哥一道回家。」整隊放學時，她不得不鼓起勇氣，向老師請求去找念五年級的哥哥——小正一塊兒回家。

「各位同學注意，西北雨馬上就會過去，沒有帶雨具來的人，不要冒雨回去。雨天在路上行走，要特別小心……」擴音器響起了導護王老師的聲音。王老師這番叮嚀，不啻給同學們打了一針鎮靜劑。沒有帶雨具來的人，都安安靜靜的留在教室自習，等候雨停後再回家。

「哥哥走嘛，趁雨還沒有下，趕快回家嘛！」小玫聽到陣陣貫耳的雷聲，更急著慫恿哥哥回家。

「不行啊！大雨就要下來啦！」

小正察看陰沉沉的天際說。

「沒關係，在路上遇到雨，我們可以在樹底下避一避呀！」小玫天真的吵著。

「那怎麼行，雷雨天在大樹下避雨最最危險，」小正望著妹妹說：「你不知道，高樹最容易遭雷擊，難道你不怕？」

「是呀！我這頂斗笠上有一個小鐵環，我妹妹有雨傘，都不敢冒雷雨回去。」小正同座的同學小欽，也湊過來提醒小玫一番。

「真的。」小玫一聽骨子裡直發冷，再不敢想冒雨回去了。

這時候，傾盆大雨，就像萬馬奔騰一樣，急急忙忙的由遠處衝過來。豆大的雨點，隨著朵朵烏雲，從田野越過大河，爬過大樹，奔向高山。「嘩啦！嘩啦」的驟雨，好像天空的烏雲賽跑似的，一溜烟，就跑得無影無蹤了。

正如王老師所說的，不到半個鐘頭，雨過天青，大地上的一切景物，都呈現有如出浴後的喜悅；太陽又高高興興的重現在天邊，小玫跟著哥哥，也踩著輕快的腳步回家。（65.7.25 國語日報）

撿花生

臺灣的六、七月是一年裏最炎熱的月份，也正是虎尾溪下游，那一望無際的花生成熟的時候。每到這個時期，農夫們就準備好籃子、麻袋……，趕著牛車，或駕著「鐵牛」，帶著一家人，浩浩蕩蕩地下田挖花生。

放學回家的路上，小倉看見一羣一羣收穫花生的人潮，心裏想著爺爺最喜歡用花生米下酒，却捨不得買，就決定利用星期假日早上，把老師指定的習題做好，下午跟同學小玄一起去撿花生，孝敬爺爺。

「爺爺，我想下午去溪埔撿花生。」小倉告訴爺爺。

「不行啊，作業沒有做好，怎麼能去？」

「我已經做好了。」

「天氣這麼熱也去不得啊！」爺爺不答應。

「爺爺不是說年輕人要多磨鍊磨鍊嗎？怎麼有一點兒太陽光就不讓我去呢？」小倉理直氣壯地說。

「好，好，好，不過要等三點以後才能去啊。」爺爺拗不過小倉苦苦的懇求，只好勉強答應他。

「好，一言為定。」小倉高興得跳起來，伸出小指頭跟爺爺勾了一下。

三點不到，小倉就把小鏟子、籃子準備好了，戴著斗笠，全副武裝等待出發。爺爺也給他灌滿一壺水，吩咐他要早些回來。

小倉提著用具，蹦蹦跳跳地趕到村後的大樹下，跟等候他的小玄相會，然後一起奔向溪埔的花生田去了。

本省南部的六月，雖然是下午三點多了，但是花生田的沙土，還是非常燙人的。

「小倉，天這麼熱，我看咱們先到田青園去休息一下，那兒還有金龜子可玩，好不好？」小玄受不了炙熱的太陽曬。

「這怎麼行，事還沒做就想玩，不空著籃子回去才怪呢！」

「哎呀！你真笨，天涼了挖一小時，比你冒著大太陽挖三個小時還要多呢！」

「小玄，你才笨呢！天涼了就黃昏了，那能再挖呢？還是趁早去挖吧！」小倉不肯。

「你自己去挖吧，我要先休息休息再說。」小玄說著，一溜煙往茂密的田青園跑去。

小倉一個人蹲在炙人的花生田裏，汗流浹背地挖著，有時挖了三四十下也挖不到一個花生。火熱的沙子燙得他的腳底熱烘烘的。但是他仍然踩著花生籐墊腳，不停地用小鏟子，翻動那長過花生的泥土。汗水滲入眼睛裏，使他難受得真想跟小玄去捉金龜子。

「不，不，我怎能這麼沒用，要撐得住，挺得起。」小倉鼓勵自己。

「……一分耕耘，一分收穫。」忽然在他的耳邊響起昨天老師訓勉的話。

這時他忘記渾身的痛苦，再度揮動鏟子，低著頭繼續用力挖下去。籃子裏的花生，也隨著時間的消逝，慢慢增多，他心裏暗自高興。

「喔，你撿那麼多啦！」小玄終於從田青園跑出來了。一看小倉籃子盛滿了花生，心裏非常著急，急忙蹲下來，拼命挖。可是時間已經不早了，回家的途中，小倉滿懷豐收的喜悅；小玄却低著頭，背著一個幾乎空空的籃子，難過得一句話也說不出來。（65.6.21 國語日報）

守望相助·保障安全

卡莉是古吉牧場的牧羊犬，身體矯健而勇敢。山上的野狼哈布懾於牠的勇猛，不敢越雷池一步。卡莉每日白天幫主人趕羊，晚上守夜，巡視牧場。由於牠性情溫和、聽話、肯幫助別人，所以來到牧場不久，就得到主人的寵愛，很快就成顧主人得力的助手，同時成為大家的好朋友。

春天過後，牧場裏的青草，被羊羣吃光了，主人不得不將羊羣趕到附近的山上去。卡莉也跟隨主人上山去照顧羊羣。偌大的牧場空蕩蕩的，只留下一個耳聾的老管家和一大羣雞。

卡利走後，山上的野狼哈布，一夜沒有聽到牠的叫聲，認為有機可乘，就明目張瞻的下山，偷偷的侵入牧場。

雞羣一聽野狼破門而入的聲音，大家嚇得紛紛逃走，只有一隻孵蛋的母雞，為了保護將出殼的小雞，把兩個翅膀壓得低低的，一點在不慌張的蹲在雞窩裏。

「雞姐姐，你真好，別人都走了，只有你願意留下來。」哈布假惺惺的說。

「不，不，求求你不要傷害我的孩子。」母雞哀求牠。

「可是我已經好多天沒吃東西啦！」哈布裝著可憐兮兮的，一步一步的逼近母雞。

母雞眼看大禍就要臨頭，決心犧牲自己，保全小雞，於是對哈布說：「只要你答應不傷害我的小雞，等牠們出了殼……」母雞泣不成聲。

「好！好！我會等著的。」哈布得意洋洋的離去，哈布走了，母雞十分難過，眼看小雞就要出殼，但是一出殼，也就是牠們母子生離死別的時候，不由淚水潸潸而下。

機警的卡莉，離開牧場的晚上，一直聽不到牧場傳來的雞啼，心裏老是怪怪的，就連夜奔回牧場看個究竟。沒有想到一進門，竟看不到日夜和牠一起玩樂的朋友。（原來大家以為野狼又來了，四處躲藏起來。）正遲疑的時候，忽然看到雞舍的角落，蹲著一隻母雞。

「雞姐姐，到底發生了什麼事？」卡莉急忙的問。

母雞睜眼一看，原來是卡莉，就將哈布來犯的經過告訴牠。

「真是可惡的東西！」卡莉非常生氣，隨著安慰的說：「我會趕走牠的，不要怕。」

「謝謝你，可是……」母雞知道卡莉，白天幫主人趕羊，晚上還跋涉回來，太辛苦了。

「雞姐姐，你放心。」卡莉瞭解母雞最會體諒別人，堅決的說：「我絕不讓這條野狼得逞的。」

天快亮了，卡莉又回山上去了。卡莉邊走邊想，哈布今晚一定再下山來搗亂。

於是天沒黑，牠就抄小路回到牧場，埋伏在雞舍外面的柴堆底下，等候野狼哈布的來臨。

果然不出所料，天一黑，牧場外的矮樹林裏，出現了哈布的影子。卡莉極力壓抑心中的怒火，當哈布走到柴堆前，卡莉盡全力的撲過去，說時遲那時快，哈布發現情況不妙，正想逃走時，脖子已經被卡莉尖銳的牙齒咬住了，牠雖極力的想掙脫，但究竟抵不過勇猛的卡莉。

「卡莉哥！請你饒饒我吧！以後我再不敢傷害牠們了。」哈布有氣無力的摔倒在地上，淌著眼淚向卡莉求饒。

「沒用的東西，平時遊手好閑，到處欺侮弱小，以後再這樣，絕饒不了你。」卡莉看到牠可憐的模樣，決定給牠一個自新的機會。

「是，是，謝謝你！我一定會改過的。」說完夾著尾巴，怯怯的走了。

雞羣看到哈布走了，大夥將卡莉團團的圍起來，七嘴八舌的向卡莉喝彩和感謝。卡莉很客氣的跟大家說：「我們生活在一起，應該互助合作，守望相助才對呀！」（66.1.16 中華日報）

好男孩・阿仁

「爸，媽，我們上學去啦，再見。」這是阿仁哥倆每天上學時，一定要跟阿定伯夫婦說的習慣話。

阿仁家除了父母之外，還有一個小他三歲，同在國小唸一年級的弟弟。

阿仁的家沒有田產，生活卻過得很幸福快樂。阿定伯夫婦每天一大早就開著一部拼裝的動力三輪車，「砰，砰，砰……」的載著滿車的甘蔗，到處兜售賺錢養家。

阿定伯夫婦不在的時候，這個家所有的一切工作都落在阿仁的身上，但他總是一五一十，把各種工作做得服服貼貼，有條不紊的，不讓父母操心。

阿仁在家是鄰居伯叔們交相讚揚的好孩子，也是村子裏傳頌為模範的乖孩子；在學校也是師長們公認；

有禮貌，喜歡幫助別人，肯用功，德、智、體、群、美五育均衡發展，而且都有特殊表現的好學生。因此，大家都認識他，也都喜歡跟他做朋友。

阿仁雖然是個男孩子，但做起家事來，卻一點兒也不含糊，煮飯，做菜，養雞餵鴨，洗衣服……樣樣都行，而且都做得很好。有人問他為什麼年紀這麼小，就能做這麼多的工作呢？阿仁總是笑而不答。

有一次學校舉行演講比賽，題目是「如何孝順父母」，阿仁滔滔不絕的說：「……父母生我們，養我們，這個恩德比天高比海深，我們要知恩圖報，現在雖然我們年紀還小，但我們可以幫忙做家事，努力用功讀書，不要使父母為我們操心，在家做個好孩子，在學校當一個好學生，就是一個孝順的孩子……」由於他的立論正確，內容充實，表情從容，而獲得第一名。

因為阿定伯夫婦做生意大都是摸黑才能回到家，學校又沒有辦營養午餐。阿仁每天中午都要回家，將早上煮好的飯熱一熱，炒菜作湯，跟弟弟吃過午飯再把碗筷收拾好才到學校上課，但他從不遲到或早退。雖然阿仁沒有跟其他小朋友一樣悠閑的玩樂，他卻從來沒有半句怨言，依然過得很快樂，經常利用時間把家裏的一切工作做得井井有條，使阿定伯夫婦在外專心的做生意。

如果爸媽回來晚了，他就先做好飯菜，協助弟弟養雞鴨，或溫習功課，等爸媽回來才一起吃晚飯。好幾次爸媽都叫他們先吃，可是他們說什麼也沒答應。阿仁認為爸媽辛苦的賺錢供我們花用，讓我們上學校讀書，怎能不知孝敬呢？憑著阿仁這份孝心，阿定伯夫婦心裏既安慰又高興，就更賣力的工作了。

有一次放學的時候下了一陣大雨，一位一年級的小朋友沒有帶雨具，急得哭了起來，阿仁看到了就冒著大雨，繞了很遠的路，把他送回家去，小朋友的家長非常感激，特地帶了禮物到學校請校長表揚他。

阿仁的家境並不富裕，學校實習儲金局裏卻存了不少錢，這都是平日爸媽給他的零用錢，或利用假日打工賺來的。他一向勤儉，只有不斷不存進去，卻很少領用，所以得到儲蓄委員會頒給獎狀鼓勵。雖然如此，每次學校發起緊急救助，愛國捐獻等運動，他都率先捐出，毫不吝嗇，博得師長們一致的讚揚。

「好人是不會寂寞的」，教孝月中，學校選舉孝弟模範生，阿借終於被同學推舉出來了，而且以高票當選「孝弟模範」。校長在朝會上頒獎表揚他的孝心善行，全校師生都熱烈的為他鼓掌；阿仁的爸媽知道這個好消息之後，更是高興得合不上嘴。（71.5.10新生報）

大家來聽故事　打牛湳的來源

難得一連三天的假期，宜民盼望返回南部故鄉探望爺爺、奶奶的心願，就要實現了，心裏真有說不出的高興。

這一天，一大早，爸爸就趕到市場去購買爺爺奶奶喜歡的東西，宜民跟弟弟今天也起得特別早，忙著幫媽媽打掃庭院，整理攜帶的物品，和最近得到的獎狀，好讓爺爺奶奶開心。

高速公路開通後，縮短了回家的時間。八點從臺北出發，十一點一刻，曾是遠東第一大鐵橋的——西螺大橋，就出現在車窗外。

宜民一家人在西螺下了車，即搭上往北港的客運。車子一駛出西螺街，映入眼簾的盡是一望無際，金黃剔透待割的稻穀，迎風起伏，好像向回家的遊子招手似的，那麼親切，這就是聞名國內外的西螺「濁水米」的家鄉。

還找不到連綿不絕的稻田盡頭，車子就抵達二崙這個小鄉街，出二崙不到一公里，就是宜民的老家——打牛湳了。車站就在宜民家的前面，一下車，爺爺奶奶跟鄰居的伯伯嬸嬸都一擁而上，把他們團團的圍在中間，詢長問短的談個不停。

晚飯後，宜民溜到爺爺的房間，向爺爺報告學校生活情形，並將帶回來的獎狀獻給爺爺，爺爺算一算開學不過兩個月，宜民就拿到五張獎狀，高興得將他摟在懷裏。

宜民忽然想起村子口那面寫著「打牛湳」的路牌，說：「請爺爺告訴我，哪個名字不好叫，我們村子怎麼會叫『打牛湳』呢？」

爺爺若有所思的說：「這是一段歷史故事的。」

「打牛湳屬於雲林縣二崙鄉來惠村。」

爺爺抖了一下煙灰。「這一帶居民的先祖廖溫和公，明末跟隨鄭成功渡海來臺，就定居在這兒，子孫樸實，勤耕。你看看我們家附近這一棟棟中國式四合院的古老建築，和寬敞的庭院，就可以知道打牛湳曾經盛極一時。」

「滿清政府於甲午戰爭失敗後，將臺灣割讓給『四腳仔』（日本）。」爺爺講到這兒，臉色凝重，情緒激動。「『四腳仔』統治臺灣期間，不僅處處欺壓百姓，還規定農友必須栽種稻米、甘蔗等糧食及經濟作物，以便搜刮運回日本，達成其帝國主義侵略全世界的野心。」

「居民在『四腳仔』高壓的統治下，敢怒而不敢言。」爺爺深深的吸了一口烟，繼續的說：「打牛湳至崙背間，方圓數千公頃的農田，大多栽種原料甘蔗，而農民辛勞栽種的甘蔗採收應得的利益，却任由日本鬼子經營的糖廠剝削、宰割。」

「爺爺，我聽奶奶講過：第一憨就是種甘蔗給會社（即糖廠）磅（秤），是不是講這件事。」宜民恍然大悟的問。

「對，對，這就是時民間流傳的一句話，也正是日寇魚肉農民的最好寫照。」爺爺喝了口茶潤喉。

「當時農業經營落後，一切工作都靠人工，採收起來的甘蔗要一一綑紮好，用牛車運到二崙的小火車集貨場，再裝上火車運往虎尾糖廠。」爺爺好像回到當時的樣子：「由於沒有農路，載運甘蔗的牛車，來回都要走同樣一條崎嶇不平的羊腸小道。這條路土質鬆軟，加上載重牛車不停的輾軋，不僅兩條輪跡越陷越深，每次下雨就成小河，致使載運甘蔗的牛車經常深陷在泥土裏，動彈不得。」

「一個酷熱的中午，為著趕運甘蔗，運蔗車隊冒著燠熱的大太陽，不停的工作。」爺爺猛吸了一口烟，感傷的說：「不幸，一頭老牛，因經不起拖重車長途跋涉，及主人不停的責罵、鞭打，終於體力不支，倒死在地上。」

「這件打死牛的事，震驚了附近的居民，於是一傳十，十傳百，大家就把這個地方叫做『打死牛湳』。臺灣興復後，老一輩子的人，為了讓後世的人記取這段慘痛的歷史，就把這不吉祥的『死』字去掉，而叫現在的打牛湳。」

「日本人真可惡。」宜民聽完了這段故事，兩個拳頭揑得緊緊的說：「我要將日本帝國主義醜陋的史實，告訴更多的人。」（72.1.9 新生報）

親子 樂融融

父母心

父母的愛心到處可見，只要稍加留意就可以發現。我服務教育界多年，每天都看見父母愛心的表現。

學校為了小朋友的安全，規定中低年級不准騎腳踏車上學，因此每天上午第四節上課不久，學校門口馬路的兩旁，就排滿了騎腳踏車、機車的家長等著接孩子回家。他們在烈日下，在寒風中，耐心的等著下課鈴響。由這些家長的裝扮，一眼就可以看出他們大都是剛從田裏工作回來的。他們汗流浹背的在田裏工作了老半天，為了子女擱下工作趕到學校送飯盒或接載他們回家。每次看到那排列在太陽底下等候放學的家長們，我心裏就暗暗地羨慕這些小朋友是多麼幸福啊！

本省夏天的西北雨是著名的，往往早晨炎陽高照，午後卻瞬間烏雲密布，雷電交加，傾盆大雨驟然而下。小朋友沒有隨身攜帶雨具的習慣，一旦下了雨，校門口，走廊上，馬上就可以看到家長們魚貫而入，他們冒著大雨雷電，送來各式各樣的雨具，自己的衣服被雨水打濕了，狼狽的樣子一點也不在乎。他們只要孩子乾著身子回家，自己的安危和顏面一點也不放在心上。

遠足和旅行是小孩子最高興的事，每次遠足後，要他們「寫遠足記」，經常在作文裏看到這樣的文字：在旅行的前一天，爸媽就放下工作，帶我到街上買水果、麵包、口香糖……還給我很多零用錢，並再三叮嚀我，旅途中應聽從老師的指揮，不可擅自亂跑……。天下父母愛自己的孩子都是一樣的，孩子離開我們遠行時，總是耿耿於懷，直到孩子回家才放下心。

有時孩子生病了，家長們常會每天專程接送孩子來學校上課，並要求老師允許他不參加室外活動，甚至還有送藥或點心來的，照顧的無微不至。在他們的日記上，常常看到爸媽為他們的功課而關上電視全家都不看，在旁指導功課。每次考試後，孩子不論成績好壞都能得到爸媽精神和物質的鼓勵，讓他們無形中養成自動進取的習慣。

孩子長大後如能時時回想這些童年生活，不管念書、做事，時時警惕自己努力，踏實去做。就是不幸失敗了，也要再接再厲，直到成功為止。這樣才不辜負父母賜給我們的恩惠和期望，才算盡孝道於萬一。（66.4.29 國語日報）

愛心的昇華

隨著時代的進步，父母對子女的愛心，也跟著「昇華」。想起小時候，住在鄉下交通不便，每天得跋涉五、六公里上小學。而今交通發達了，在都市上學，或搭公共汽車，或乘校車，或以自用轎車接送；就是鄉下也有腳踏車代步，還不會騎腳踏車的低年級小朋友，每一放學，家人就騎著機車等在學校門口。

每次看到那羣等候子女放學的家長，我心裏就羨慕這些小朋友是多麼幸福啊！可是，當我看到一輛車裝載四個，甚至五個孩子，連駕駛都不方便時，却又不得不說這些家長實在愛得太「狠心」了。疼愛、照顧子女是做父母的本性，但是將愛心建立在危險之上，是多麼可怕的事。試想，一部機車擠上四、五個小孩，駕駛都不能自如，行駛之間更是岌岌可危，稍一失誤，必如覆卵。衡量之下，倒不如讓他們走路回家，來得安全得多，同時，對他們身體的健康、心志的磨鍊，或許更有進益。

目前，許多問題青少年的形成，不是得不到父母的愛，就是父母太溺愛所致。因此，做父母的施愛給孩子，要注意因時因地制宜，適切的愛他們，才能使他們永遠感到父母愛的溫馨。否則，將會影響孩子的終身，做父母的實在不得不警惕呀！（65.11.19聯合報）

孩子需要鼓勵

第一次知能考查成績發表時，引起小朋友一陣的騷動。經詢問後，才知道班上有十多位小朋友因成績比以前進步，家人將給他們獎賞！送他們獎品，或帶他們出去玩。我查看他們的成績，果真進步不少。

社會上許多太保太妹，及誤入歧途的問題少年，據調查大多是得不到父母的愛，或由於父母教育方法不當所致。天下父母心，每一個做父母的，沒有不望子成龍，望女成鳳的；也沒有人不希望自己的子女，在學校是一位品學兼優的好學生，在家裏是一個知灑掃、懂進退的乖孩子。可是，許多家長不知道孩子像一棵幼苗，需要細心的照料，隨時以積極的鼓勵，代替消極的責罰，以暗示取代命令，以培養其愛榮譽的觀念，進而激發其學習、向上。

因此，我希望學生家長對自己孩子的行為、功課，不能不聞不問，應該時常給予精神的鼓勵，才能使孩子在不斷的學習中，培養健全的品格，正常的情緒發展。（65.11.9 聯合報）

孩子參與工作

小孩子具有好奇、好動的天性。往往在大人心目中，認為是微不足道的事物，在孩子小小心靈中，卻是一件大事，常會引起他莫大的興趣。所以他要看、要問、要摸摸動動，那怕是一隻小蟲、一棵小草、一塊石頭……都可使他不忍釋手的忙上大半天，去飼養它、保護它、玩弄它……以滿足其好奇心。

可是許多家長卻忽略了「知識是經驗的累積」的道理，而以那些東西髒或小孩子不能做為藉口，斷然阻止他們去開拓自己知識的領域，一味要求他們專心讀書。結果造就他們成為五穀不分的書呆子。這表面是進步的看法，其實是落後的。

我家有一塊空地，是我們一家人勞動、舒展身心的樂園，種有蔬菜和花卉。每天早晚，都利用閑暇去除草、澆水，兩個孩子分別就讀國小三、四年級。老么天生好動，每做必到，播種、移植、除草、澆水……撿蝸牛、捉小蟲，無所不做。不到半年，他不僅能得心應手的做好這些工作，還知道許多農業常識，如播種後覆蓋稻草，可防止蒸發，種馬鈴薯切處才會發芽，切口沾草木灰可以防腐；大麗花摘芽可促使長高，花才能開得大開得久……反觀老大，一向喜歡念書、運動，對這些事則一竅不通。

「百聞不如一見」，許多人利用假日閑暇，携家帶眷，到郊外郊遊，主要不在遊樂，而是使孩子增廣見識，鍛鍊身體。學校每學期都舉行遠足，意義亦不外於此。

因此，只要孩子能勝任、喜歡而沒有危險的工作，應多鼓勵孩子參與，使孩子在不斷的工作活動中，擴大視野，吸取更好的知識。（66.12.1 豐年）

家事家人做

隨著工商業的發達，女性出外工作，早就不是新聞了，而家庭組織也由大家庭，而轉向了小家庭。我婚後，為了工作上的方便，我離開了公婆，與外子過著獨立自主的小家庭生活。外子跟我都在教育界服務，每天早出晚歸。但是做起家事來，並不如別人所說那樣傷腦筋、費時間，因為我們一向主張「家事家人做」，只要是家的一份子，都應該共同參與做家事的行列。所以做家事常是我們一家人，一天當中最輕鬆的相聚時刻。

由於我們是公教家庭，為了節省時間，我們盡量將不緊要的家事，挪在週末、週日或例假日做，以免躭誤公務，或影響孩子的功課，例如每週買一、兩次菜。

早晨趕上班、上學，時間較匆促。外子一起床就打掃庭院，老大整理室內，老么養雞、餵狗；我則下廚房，做稀飯或蒸饅頭、沖牛奶。一家四口分工合作，以爭取上班、上學的時間。

「民以食為天」，中餐外子跟我，誰先下班，誰就先下廚房做湯、炒菜。午餐大多是「三一」式，即三菜一湯，俾有充裕的時間午休。

晚上是家事最多的時刻，但也是我們最歡樂的時候。因為下班到晚飯這段時間，我們可以有足夠的時間，共同做好許多家事。不論是整理庭院、清潔室內器物、洗澡、做一頓較豐富的晚餐……都可以在趣談之中完成。之後，進晚餐、收拾碗筷、洗衣服都可從容不迫的做好。

為免破壞我們有規律的日常生活，訪友、郊遊，或費時的次要事情都留在寒、暑假再做。十多年來，在「家事家人做」的口號下，我們一家人，同心協力，分擔了我大半的家事。我從來沒有被家事壓得喘不過氣的時候；外子也常自豪的說，是家事使他成為大廚師，因為他做的菜，別具風味，孩子及我都喜歡它；

孩子們也無形中養成了勤勞節儉的好習慣。這些收穫不知是女權發達的後果，抑或是個人正確觀念的賜予？（66.10.13 中華日報）

父母應明察是非

「真是豈有此理！」鄰居王太太一大早就大聲的嚷起來。

「到處叫甚麼嘛！」王先生低聲下氣的說。

「明兒說學校規定講一句方言要罰五毛錢，又說被罰了不能向家人要錢，必須用他自己的零用錢才行。」王太太氣呼呼的說：「他還說別人講了很多方言，都沒記，偏偏記我們明兒的，你說欺人不欺人！」

「我們怎麼能相信孩子的話？」王先生搖搖頭說。

「不信，你跟明兒去問他們老師好了。」

過了一會兒，王先生由學校回來，才知道講方言罰錢，是他們開班會決定的，目的是要培養大家用國語交談的習慣，罰錢不但警告他們隨時注意講國語，還可糾正他們亂吃零食的壞習慣，真是一舉兩得。至於講方言的登記，是自己坦白承認的，跟孩子所說的並不一樣。何況罰得的錢是準備給他們買故事書的。心理學家說，小孩子為逃避現實，常會推卸責任，製造矛盾，或曲解事實，做家長的如果不查明，任意聽信，不但不能及時採取補救措施糾正他，還可能讓他越陷越深，而變成問題兒童，這是多麼可怕的事。做父母的對子女的言行，隨時都應提高警覺，細心、客觀的觀察，才能循循善誘地協助他們走向光明大道。

（66.4.10 國語日報）

讓孩子從活動中學習

健康的孩子總是好玩、好動、好奇的，我們不要以為他調皮、搗蛋，其實那是他身體發育過程中所需要的。生理學家說：健康的孩子，不僅白天不停的活動，就連睡覺時亦需經常的翻動，換句話說，好奇好動是正常健康的孩子應有的表現。

孩子既有這種好奇好動的天性，做父母的就應把握這個特性，協助孩子在活動中學習，不斷的擴大他的生活領域，使他在廣大的生活活動中，日益啟發智慧，增廣見聞，長大後才能適應生活的需要。

「不經一事，不長一智」，許多父母們深怕孩子在外面遊玩會鬧事，或怕他摔倒、打架，而禁止他與別的孩子接近；孩子想參與工作時，又恐他做不好而阻止他參加工作；有些父母溺愛孩子而捨不得讓孩子動手，這都是不正確的觀念。這樣將促使孩子養成孤僻、不合羣、高傲的個性，凡事都存著依賴的心理。

因此，讓孩子從遊戲、活動、工作中去瞭解問題，發現問題，才是正確的做法。許多遊戲在成人眼裡看來，也許是毫無意義的，可是在孩子本身却是一個重大的創造，他們豐富的想像力，奇妙的思考力，常在遊戲活動中，不知不覺得顯露出來。

「生活即教育」，在日常生活中，只要是孩子體力所及，且沒有危險性的活動，都應誘導孩子親眼去觀察，親身去經歷，用手去做，用腦去想，養成自動的精神，自學的能力，才能使他從活動中日積月累的獲得知識、技能，以增進他適應生活環境的能力，培養健全的人格。（67.6.26 豐年）

培養儲蓄好習慣

俗語說：「勤能補拙，儉可養廉」。儲蓄是一種美德，若能自幼培養節儉儲蓄的好習慣，必定終身受益無窮。如何培養孩子儲蓄的好習慣？

(1) 讓孩子瞭解「一分金錢，一滴血汗」的道理，使他們知道父母賺錢不易，能夠儲蓄就是減輕父母負担，也是孝道的表現。

(2) 使孩子明白「平時有儲蓄，急時不用愁」的事實，說明積沙成塔，集腋成裘的好處。

(3) 適時給予善誘與鼓勵，在孩子儲蓄至一定數目時，就酌給獎金或獎品鼓勵。

(4) 父母要以身作則，先養成良好的勤儉習慣，以為孩子的表率。

以上四點，作父母的若能在日常生活中，因勢利導，結合事實妥為解說，使孩子認為節儉是美德，是榮耀；浪費是禍害，是恥辱，對於培養儲蓄習慣，必可收事半功倍之效。（68.4.1 豐年）

如何給孩子零用錢？

該不該給孩子零用錢？如何給法？數量多少？這是許多父母關心的問題。

部分家長認為只要讓孩子三餐吃得飽，營養夠，並為子女準備需要的日用品，就可以不必給零用錢；或是將錢隨便放置，任由孩子自己取用，這都不是正確的觀念。

為使孩子對金錢有正確的認識，進而培養他們對金錢的自主、管理和運用能力，因此家長給孩子零用錢是必要的，然而怎樣給孩子零用錢呢？我認為應該注意下列幾點：

(1) 數量多少宜適中：家長可依照自己的經濟能力，或與子女經常交談，溝通觀念，給予適當的數目。每個月固定給孩子零用錢，而且應隨著孩子年齡的增長而增加。同時，父母應要求孩子，使用零用錢時必須記帳，以培養他們對金錢的管理能力。

(2) 教導孩子養成儲蓄習慣：給孩子零用錢的時候，應該告訴孩子金錢得來不易，而使孩子珍惜金錢，並隨機教導孩子養成儲蓄及善於運用金錢的好習慣。

(3) 給零用錢不要附有條件：許多家長喜歡以孩子成績的高低來決定給孩子零用錢的多少，以叫孩子做家事為條件，才給孩子零用錢，這是不對的。雖然這樣具有鼓勵的作用，又可讓孩子瞭解工作的代價，進而知道錢來不易。但以金錢來誘使孩子做事，如果運用不當，最後勢必要給他們更多的零用錢，他們才樂意去做，如此會造成貪得無厭的心理。

(4) 追蹤考核零用錢的用途：零用錢給了孩子之後，父母親只能居於輔導的地位，平時必須給孩子自由支配，而不必加給他太多的束縛，這樣才能培養孩子理財的能力。必要時，指導他們如何運用，並追蹤考核子女用錢的方法，才能使孩子逐漸步入正當的用錢途徑。（72.3.1 豐年）

付出一分愛心　造就龍鳳兒女

孩子像一棵幼苗，當他離開父母溫室的保護後，他的行為、性情，往往會受有形或無形環境的影響而逐漸改變。當我們發現孩子變壞時該怎麼辦呢？

(1) 冷靜探查原因：孩子突然變壞，必有其原因。或交友不慎，或為環境影響，或管教有偏差，抑或課業遭受困難。

(2) 以愛心和耐心來誘導：瞭解孩子變壞的原因之後，切勿輕舉妄動，揠苗助長，否則會遭到前功盡棄的反效果。更不能拿權威來壓制他，應針對原因，耐心的予以鼓勵、誘導，使孩子心悅誠服的走回正途。

(3) 多與孩子相處在一起，時常關心其生活，適時予以輔導和幫助。利用閑暇帶孩子登山、郊遊或訪友。此外，指導他們閱讀有益的書刊，使孩子充沛的精力得以舒展，精神才不致空虛。

(4) 孩子已經上學了，則應與學校取得密切的聯繫，請求老師協助，使雙方面均能瞭解孩子的生活狀況，以免孩子走入歧途。（69.7.1 豐年）

寒假對兒童應注意的幾件事

寒假中有個令人歡欣的農曆過年。每到十二月，不論農、商人家，都忙著準備過年。就在這段大人忙得不可開交的時候，對孩子往往疏忽了下列幾件事，願藉此提醒各家長。

（一）安全問題：春節裏，遊玩的人如過江之鯽，車輛往來頻繁，不少汽車司機因搶著做生意，不遵守交通規則，橫衝直撞，很容易發生意外，一定不要讓孩子們在交通孔道遊玩，以防肇禍。這段時候各地都很乾燥，兒童最喜歡放鞭炮，對於火燭應該倍加小心。報紙已屢見放爆竹引起火災事件，真是樂極生悲。

（二）養成良好習慣：新春的時候，人們都較為閒暇，有時為打發時間來幾圈衛生麻將，消遣消遣，這本不傷大雅，但兒童的好奇心和模仿力頂強，對類似賭博惡習耳濡目染，一學就會，是多麼危險的視聽！言教不如身教，家長們不能等閒視之。春節裏孩子們可以說是頗為「富有」，而這段時間正是抽獎、賭錢的玩意兒氾濫最烈的時候，賢明的家長應該鼓勵他們養成儲蓄的習慣。不能使他們養成賭博的壞習慣。

（三）注意生活起居：每年寒假過後，常常發現不少小朋友，經過二十多天的寒假之後，反而面有菜色。這都是家長們對孩子的飲食起居，不加以節制的緣故，致身體的健康受損極大。

（四）注意兒童的言行：春節裏，對孩子大都不太注意管教，又逢寒假老師管不著，在這兩不管的情形下，孩子最容易學壞，甚或誤入歧途，家長們應特別注意。（62.2.17 臺灣日報）

請愛護學校

鄉下小學，每逢暑假，有些學校立即成為「大同世界」，凡是動物皆可自由出入。學期結束時吩咐工友用大鐵釘釘得牢牢的教室，放假不到一星期，都被打得落花流水，門戶大開，教室內黑板上、牆壁上塗寫著極下流卑鄙的圖畫和難以入目的詞句。課桌椅東倒西歪，斷腳的、掉面的……教具櫥的鎖被撬開了，好的圖書不翼而飛，佈置教室用的掛鈎，連同窗拴、水龍頭都成為換麥芽糖的好材料。老師們絞盡腦汁，犧牲假期，辛辛苦苦製作的教具，丟的丟了，壞的壞了，一剎那間，全功盡棄，是令人痛心。教室內紙屑、果皮、煙蒂、甚或大便……應有盡有。屋頂瓦片被擊碎了，時逢天雨，天花板應「水」而下，室內積水盈寸，無法也無人疏通，蚊孑叢生，臭氣沖天，不亞於豬舍。

假期中任何時間一進校門，不難看到校園的每一個角落——樹蔭下、走廊上、水溝裏……盡是課桌椅、掃帚、水桶、畚箕……任憑風吹雨打、太陽曬，無人過問，只留待開學後讓小朋友自己找回去。其他諸如廁所、水溝、噴水池更不難想像。無怪乎有人說：暑假的學校（當然是指部分鄉下小學），不是練車場就是放牧場；再不然就是垃圾堆；好一點的也成了公共綜合運動。這話實在一點兒也不過分。

兩個月的暑假下來，學校的損失數不勝數。這是一個問題，這個問題怎麼解決呢？我的意見認為在治標方面：促請政府寬籌學校經費，加強設備，杜絕閒人進入，輪值人員確實負起責任。在治本方面：應積極提高國民的公德心，由教師本身做起，推及全體學生，再利用村里民大會、家長會，擴大到社會羣眾，喚起愛校愛鄉的意識。（59.9.22 國語日報）

救救孩子

史艷文續集上演那天早上，我發現班上有三個學生缺席，「你們知道他們為甚麼沒有來嗎？」我照例查問一下，「他們都在家裏等著看史艷文呢！」學生們異口同聲的說。我真不明白，電視下午才放映，幹麼這麼早就呆在家裏等待。

下午，一進教室就聽到一連串的報告：「老師，廖忠、廖俄……看到您走了，就拿著書包溜了。」「林進添叫他弟弟來拿書包，他也回去看電視了。」正在吵鬧的當兒，突然閃進兩條人影，一眼望過去，原來是英浚和永村，「你們到哪兒去啦？」他們兩個人滿頭大汗，不停的喘氣。「坦白說出來，不要緊。」「我們去看布袋戲。」這一段上課前的開場白，不僅在我們這個鄉下學校存在，相信在其他學校也不難發現。布袋戲是我國固有的劇藝之一，可是我們千萬不要忽視布袋戲上演後，社會上所發生的一連患壞現象：

㈠ 每當布袋戲上演，街頭巷尾凡有電視機人家的門口，總是擁擠不堪，機車、腳踏車、小販的擔子隨便亂放，秩序紊亂，把整個馬路幾乎都佔滿了。有時汽車路過，按了半天喇叭，還沒有人出來將車子推走，妨害交通，容易造成車禍。

㈡ 為了看電視節目，一家大小都出動了，廚房裏的灶門瓦斯爐都顧不得關，很容易發生意外災禍。

㈢ 農人和工人亦經常貪看布袋戲而怠工，把本身的工作丟在九霄雲外，影響生產。

㈣ 學生經常缺課、逃學，而且滿口都是布袋戲裏的口白，「哈買，哈買」，口袋裏裝滿印著劇中人的紙牌，無心讀書。老師指定的作業，不是敷衍塞責的胡亂交卷，就是原封不動，乾脆不做。家長又無法與老師密切合作，以致學生學業荒廢，成績下落。據報上登載，一個國小六年級學生竟認為史艷文是中國歷史上的蓋世豪傑。足見布袋戲已造成了家庭及學校教育的危機，侵蝕了固有民族精神，應當及早糾正。

綜觀上面所舉的四點，可知布袋戲對於教育的影響嚴重。我們不反對老小咸宜的娛樂節目，只希望能適當的安排播映時間。我認為在消極方面：希望將播映時間調在晚飯前後，這段時間既不影響工作，又不妨礙學生上課（老師指定的作業大致已經做完），不佔午睡，又可避免學生缺席。學生家長應該和老師密切合作，注意子弟的生活情形，不要使子弟變成布袋戲迷。積極方面：希望各社教機構能跟電視公司合作，推出富有教育價值和生活情趣的影片，藉以培養國民尤其是小國民的高尚的情操和端正的風氣。（59.10.28 國語日報）

及早家庭計畫　養成優秀子女

我們因受宗族觀念的影響，誤以為兒孫繞膝，就是生平最大樂事，也是莫大的福氣。

由於這種觀念的存在，無形中鼓勵了人們多生孩子。多子的結果，常為家庭帶來許多說不出的辛酸和痛苦。

一個家庭若不估量本身能力，聽任人口自然增加，家庭經濟的負荷就隨著加重，將使一個美滿的家庭，陷入不平衡的狀況，一家人的精神與物質生活將無法獲得滿足，對於成長中的子女，各方面所受的影響至深至大。

過去許多大家庭，因子女眾多，無法使每個子女都獲得父母全心全意的照顧和關切，子女不能充分享受家的溫馨，無從接受良好的家庭教育，以致直接影響學校的教育，甚至沒有上學校的機會，不僅斷送子女光明的前途，而且常常造成問題兒童，和擾亂社會紀律。

此外，夫婦兩人也要因孩子多、生活担子重，終日東奔西跑，身心交瘁，那有什麼恩愛與幸福可言？

所以，我們要順應時代潮流，衡量自己的力量，及早作好家庭計畫的準備。使自己的子女充分享受父母的愛心，在美好環境中接受良好的教養，才能發揮個人的智慧、貢獻國家社會。

目前一個家庭，不論男女，以養育兩個最為理想。

要使自己生活美滿幸福，和培育優秀的下一代，只有實施家庭計畫才能得到。（63.11.15 臺灣日報）

重視兒童的視力

眼睛是靈魂之窗，視力的好壞關係孩子一輩子的幸福，為人父母應重視日益嚴重的兒童視力問題。

常聽一般父母說：以前的人用煤油燈看書、寫字，都不會近視，怎麼現在的兒童念小學就患有近視？殊不知從前功課少，書本字體也較大，而且沒有電視可以觀賞。一般家長以為子女視力不好，只要給他配上眼鏡就得了，這是嚴重的錯誤。

據眼科醫師說，近視只要患的是假性近視，是可以在藥物的協助下，恢復正常的視力的，並不需配眼鏡；但是如果是真性近視只好戴眼鏡了。所以家長若發現子女視力不正常，應請有經驗的眼科醫師檢查，對症下藥，早日治療，以便恢復正常視力。

預防近視應注意下列幾點：

① 革除偏食的習慣，多吃蔬菜、水果，攝取維生素及葉綠素。

② 看書寫字 45 分鐘要休息 15 分鐘，並於休息時將眼睛往遠處看，或閉起來休息。

③ 避免俯臥或仰臥看書報。

④ 每天有適當的運動。

⑤ 在適度光線或照明下寫字。

⑥ 避免看容易使眼睛疲勞的物體，如看顏色紙上印刷的文字或圖畫。

⑦ 每天看電視不超過 1 小時，距離電視機以 2 ~ 3 公尺為佳。

⑧ 如發現視力不良，即刻請眼科醫師診察。（70.5.1 豐年）

實行家庭計劃之我見

在舊有的農業社會裏，由於深受宗族觀念的影響，常以為多子多孫便是福，子女滿堂，兒孫繞膝是人生最大樂事，是幸福的寫照。所謂「不孝有三，無後為大」的傳統思想，無形中鼓勵了人們孳生不已，含飴弄孫之樂，更是每一位為父母者所嚮往的。當然，在家庭經濟寬裕的人家，兒女的誕生固能使家庭充滿歡樂的生氣，若不估量本身能力，一旦家庭人口增加，家庭負擔亦跟著加重，將造成家庭陷入不平衡的現象。在精神上，常因子女眾多，無法使每個子女均一一獲得父母深切的關心和照顧，因而子女不能充分享受家庭的溫馨，接受良好的家庭教育，學校教育更是談不上，這不僅斷送子女光明的一生，且常是培育問題青少年和擾亂社會紀律的根源。在物質上，世常因一家人無法獲得良好的日常營養，對正成長中的子女發育影響至鉅，常是導致身體不健全的主因。除外，夫妻終日為生活東奔西跑，不眠不休，身心交瘁，甚麼恩愛，甜蜜的生活，早已飛出九霄，那家庭還有什麼幸福可言？

因此，我們必須順應潮流，實行家庭計劃，控制生育，使我們有足夠的經濟能力，為自己的子女佈置良好的環境，使他們充分享受父母的愛心和全心全意的撫育，彼此有深刻的瞭解，以收潛移默化之效，這樣不但能使每個子女都有樂觀而溫和的態度，和強健的體魄，如此循序漸進，必能接受正常而高深的教育，發揮個人潛力，貢獻國家社會。

目前一個小家庭不論生男生女，以養育兩個孩子最為理想，一般人都誤以為男孩才算能傳宗接代，因此很多人為想生個男孩而使原定的家庭計劃破滅，平添養家的重擔，為了生一個男孩，而犧牲了一生的幸福，這是多麼不智之舉，其實據遺傳學說，男孩女孩同樣具有父母的血統，一樣能擔負傳遞後代的責任，重男輕女又是何苦來哉？

總之，為了使自己生活美滿幸福，和培育優秀的下一代，推行家庭計劃尚亟待加強，俾使家庭計劃教育普及全民，然後才能造福下一代幼苗，共同為社會的進步，民族的健全，和國家的富強康樂效命。

（62.11.12 興農）

甜蜜家庭應具備的條件

（一）簡單的人口：實行家庭計畫，使每個子女均獲得充分的愛和教養。

（二）夫婦應以身作則：夫婦互敬互諒，使父慈子孝，兄友弟恭，家庭自然和諧。

（三）有固定的收入：所謂「貧賤夫妻百事哀」。平日要有正常的收入，勤儉儲蓄，以應不時之需，家庭才能幸福美滿。

（四）健康的身體：萬貫家財不如健康身體，平時應重視身體的保健，維持心情的愉快。

（五）家人應有較多的相聚時間；休假時，舉辦登山或郊遊活動，或閱讀書報，皆可享受天倫之樂，增進家庭的幸福美滿。（73.3.10 豐年）

保護兒童眼睛　看電視應有節制！

「眼睛是靈魂之窗」。根據報載，近年來患近視的學童直線增加，各級學校「四眼田雞」比比皆是。追蹤其原因不外學校教室及家裏的照明光度不佳，寫字、閱讀姿勢不妥，觀賞電視的時間、距離或角度不當所致。

這些年來，臺電公司不斷開發電源增加供電。政府在校舍的設計、教室照明的裝設、及教科書的印刷都有顯著的改進。目前影響學童眼睛健康最大的因素，是一般家庭的照明未達到合理照明光度，致使孩子長期在這照明不好的環境中讀書、寫字而導致近視。

此外，造成孩子視力不正常的主要因素，且急切需要改善的就是看電視問題了。幾乎每個孩子都不肯錯過看電視的時間，而且常常不管什麼節目一律照看不誤，所以連一些尚未入學的小孩都患有近視。

在生活水準不斷提高的今天，電視已經成為日常生活中不可或缺的必需品，家長們既是無法禁止孩子看電視，就得從根本上去誘導他，以減少眼睛受害至最低限度。

（一）選擇有教育性、適合兒童程度、興趣的一、二個節目，以免危害兒童幼小純真的心靈，減少長時間看電視，降低眼睛不良影響的機會。

（二）注意收看電視的距離，一般是畫面 14 ~ 16 吋的以 2 ~ 3 公尺，19 ~ 20 吋的以 3 ~ 4 公尺的距離為宜。

（三）每次收看的時間不宜超過一個小時，且中間必須讓眼睛有休息的時間。

（四）看電視時不可關掉燈光，以緩和電視銀幕光亮的直射，減輕眼睛因反光閃爍而疲勞。

在合理照明的生活環境中，會感覺到精神煥發舒暢，減少錯誤，提高工作效率；照明不良，極易使人感到疲倦，甚至頭痛，久而久之，不但視力衰退，同

時容易造成近視，因此合理的照明是維護視力康健的維他命。（69.6.15 豐年）

視力保健　重在合理照明

改善學校的照明設備，是政府實施發展改進國教計畫中重要的一環。在這個計畫中，每個學校的教室照明大都獲得全面的改善，這是有目共睹的；而各校是否有效的開放照明，則是值得檢討的。我們學校在這項計畫中，照明設備同樣獲得改善，而且還完全依照臺電公司提供的教室照明設備標準設計、裝置的。

在節約能源聲中，我們強調「積少成多」從小處著手，培養師生隨手關燈的好習慣；指派專人控制開關，下課休息，教室的照明燈光一律關閉，絕不因少數人在而大放光明；若確有需要也只開部分燈光。由於平時節約有方，遇到陰天、雨天或需照明時，就不必為節省電費開支而不開燈了，因此，在這種「當省則省，當用則用」的原則下，教室的照明一向是正常、合理的。

然而，上學年度最後一次兒童視力檢查統計中顯示，在同樣照明教室下，四年甲班的小朋友患近視的人數遠比其他班級少得多，全體同仁都十分驚訝，細問該班郝老師，才揭開「謎底」，原來郝老師是個有心人，為了預防學生近視，他始終不厭其煩的朝著：加強視力保健，改善視覺環境及推行視力保健教育這三方面在努力。每學期一開學就依小朋友身體的高矮，及視力的好壞調整座位，並且每週左右調換座位，以確保學生正常的視線。對於小朋友看書、寫字的姿勢隨時給予糾正；並鼓勵小朋友下課到室外活動。此外，郝老師還特別依學生個別差異，適度的家庭習題，以減少晚上做功課的時間。他還時常撥空作家庭訪問，瞭解每位小朋友的視覺環境，遇有照明光度不足的，一定建議、輔導家長立即改善，以免傷害子女的視力，在郝老師愛心、耐心的指導下，難怪他班上的小朋友視力保護得那麼正常，真是難能可貴。

為了徹底做好視力保健工作，學期剛開始，學校特地舉辦了兩次家庭訪問，以瞭解學生家庭的視覺環境及照明狀況，以為謀求改善的方針。在老師們綜合報告中，我們得到結論，那就是：學生近視的主因來自環境；而大多數家庭不但沒有書房，燈光都未達「合理照明」的標準；電視機收視的距離太近，且孩子看電視的時間都太長；部分家庭尚用燈泡，有些日光燈管黑了半截仍未更換，影響照明光度至鉅。針對這些缺點，除由各班級老師當場向家長建議改善外，我們還利用「媽媽教室」、「母姊會」、家長參觀教學日活動，以「預防勝於治療」，向家長們灌輸視力保健常識，籲請家長們與學校合作，改善家庭視覺環境，共同保護下一代眼睛的健康；我們深信只要家長們能通力合作，配合臺電公司的協助，學生的視力保健工作，必有顯著的績效。（76.3.9 中央日報）

倫理道德觀念．潛移默化之功

孔子以「孝悌為人之本」，從修身愛己做起，然後愛父母兄弟、國家和全人類。而實踐之道，則在於行「仁愛」的美德，以調和人論的關係和社會秩序。大家和諧相處，一切教化由此衍生；尊卑有序，親疏有別，則一切紛爭均可消滅，則政治修明，社會安定，人人都可以享受幸福美滿的生活。

但自西風東來之後，社會型態急劇改變，大家終日為生活奔忙，一些青少年疏於父母的照顧和教養，禁不住奢侈浮華的誘惑，為貪圖物慾的滿足，不惜以身試法，偷、劫、搶、騙，無所不用其極，形成了嚴重的社會問題。

今後，學校應本著「教育為立國之大本」的目標，發揮「作之師、作之親」的功能，從根本上，踏實的培養學生的倫理道德觀念。然而如何加強倫理教育？

筆者有幾點淺見：

（一）教師要以身教取代言教，躬行實踐，使學生在耳濡目染之中，收潛移默化之功。

（二）加強民族精神教育，激發民族的奮發意識，發揚四維八德的固有道德。

（三）將「國民生活須知」及「國民禮儀範例」融於各科教學活動中，使倫理道德在日常生活中生根、成長。

（四）配合媽媽教室、母姐會、家長會，闡揚倫理道德的重要，促使家庭、社會同心協力，使倫理教育普及社會每一角落，以收宏效。（71.9.6 豐年）

農事甘苦談

農友的祈望

農會是農民自己的，旨在協助農民經營農業，增加生產與收益，造福農民。

近年來政府不斷撥出鉅款，協助加速農村建設，發展農業，使農民受惠不少。而每一個農會由於所處的地區及農友需要的不同，為農民所做的貢獻也各有千秋。我認為當前農民最迫切需要農會協助的是：

（一）辦好農產品共同運銷，減少中間商人的剝削，增加農民的收益，同時亦可減輕消費者的負担。

（二）加強辦理代耕、代收工作，解決目前農村人力短缺的困擾，並降低農業生產成本。

（三）擴大辦理服務到家工作，可使農民節省許多時間，專心從事農作。

（四）廣設農貸項目，使農民想發展某種農業計畫，就可獲得長期而低利貸款的協助，對於發展農業及造福農民甚大。（65.3.15 豐年）

怎樣加強農村的育樂建設與活動

傳統的農村社會，受經濟快速成長所帶來工商業繁榮的衝擊，引發了社會結構巨大的變遷，造成農民飽嘗失落與迷惘的滋味。

政府有鑒於此，乃不遺餘力的推展基層文化活動，嘉惠偏遠及沿海地區民眾，如楊麗花歌仔戲及雲門舞集到全省各地公演，所到之處，萬人空巷，農民雀躍之情，形諸於色。可見農村朋友對新舊藝術文化的飢渴與眷戀，無可諱言的，加強農村育樂建設與活動，是迫切需要的。筆者有幾點建議：

（一）由政府補助各社區及學校，充實育樂設備，供農村民眾使用，並配合學校推展各項育樂活動。

（二）鼓勵財源充裕的寺廟，舉辦各種不同休閒活動，以充實鄉村居民生活的內涵。

（三）有計畫的鼓勵大專青年，利用假期，參與農村文化、育樂建設活動，既可使大專青年深入鄉間，體驗樸實的農村生活，也可帶動農村的育樂活動。（72.12.16 豐年）

配合經濟發展　加強農建工作

在政府加速農村建設的德政下，農村的經濟已經呈現一片欣欣向榮的新氣象。隨著工業的發達，農業經營也跟著走向機械化，以取代人力的不足，因此，我們希望政府今後能配合這項轉變，使農建工作百尺竿頭更進一步。

（一）「鐵牛」卡車已取代牛車，行走的農路，希望逐年鋪設柏油路面，使農產運銷更便捷，更能把握時效。

（二）農機用油期能放寬規定，或以一個月分，或以一期作分配等，以免農友往返購油浪費時間。

（三）每個鄉鎮農會歸劃一個足以容納該地區農產的集散市場，以減少輾轉搬運，造成無謂的消耗及交通的紊亂。（68 豐年）

精益求精

政府實行農地重畫，不僅使土地充分利用，而且農地整齊也便於耕作。農路的增設，也為農田的經營及農產的運輸，掌握了時效。

不過，農地重畫後，最令農友頭痛的，要算是水利問題。因為重畫後的小水道增多，而中樞供水道又狹窄，致使小水道的水，未達終點，水流量即銳減，水尾的農田經常鬧水荒。

再者，大排水道也不合最大排流量的需要，致使農路遇雨成災，積水不退，對農作損害不少，這是今後應改進的問題。

再就是重畫後的成果，應該加強維護，並視實際需要予以改善，使土地重畫發揮最大的效果。（66.1.16 豐年）

香瓜栽培方法

在浮瓜沉李溽暑的夏天裡，香甜可口的香瓜、美濃瓜，普受人們的歡迎與喜愛；由於需要量的逐年增加，且價格不惡，各地栽培面積亦年益擴大，一般農友都利用一、二期稻作之間的空檔栽種，既不影響稻作生產，又可增加一筆可觀的額外收入，很快的栽種香瓜就成為農友競相走告的事了。

至於香瓜的栽培法，謹略述於後：

㈠ 選種：依各地方的土壤性質不同，選擇適合的優良品種，一般土壤以栽種鳳山品改場育出的「農友」種為佳。

㈡ 瓜園的選擇：香瓜最怕積水，尤其以即將採收時最忌積水，若遇積水，一夜之間，即可使所有的瓜果腐爛而全功盡棄。為免功虧一簣，選地是栽種瓜類重要的一環，除選適合瓜類生長的地方外，也要兼顧不易積水，且排水良好的土地。

㈢下種時期：依稻作的生長情形而定，一般都在一期稻作（早稻）黃熟時，在稻田裡挖出「土墩」，將種子放下二粒，上面蓋細且熟的土肥，每分地約可栽三千棵。在稻子收割前將稻株撥開，使瓜苗充分接受日曬，而不致細長柔弱，而影響生長速度及日後的生產量。

㈣作畦與基肥：稻穀收成後即行作畦，同時施下基肥，施肥量每甲地約用磷酸二五〇公斤，加里肥二〇〇公斤，硫酸銨二〇〇公斤，施肥量可依土壤的瘠肥而斟酌施之，然後混入土中翻耕成畦，畦寬約五臺尺左右，畦作好之後，將水溝中的碎土耙清，以利排水。將「土墩」的瓜苗留優去劣，並將畦面鋤平，再舖上稻稈，俾減少雜草叢生及瓜果觸地蛀壞，腐爛影響產量。

㈤管理：管理的妥善週全與否，關係瓜果產量至大。其中最重要的應該是留芽摘心工作，一般在主莖長至六、七節時將心摘掉。以後再由支莖長出的芽，大都已屆溝旁，生下的瓜果都不能長好，所以長出的心，可用鐮刀斬掉。在支莖上則可生出七、八個瓜果，每株瓜上有六、七條支莖，即可生產約四十個至五十六個健美可口的瓜果。為使支莖上的瓜果平均生長得充實，必須將主莖上結下的小瓜果及時摘掉，才不致影響支莖上的瓜果生長。瓜株結果期間應適時施下追肥，以補給瓜株的需要，一般追肥以尿素及複合肥料為主，施肥量每甲地約需尿素一七〇公斤，複合肥料六〇〇公斤，分數次施下，促使瓜果生長及維持瓜株活力。瓜類最易罹銹病，因此每三天就應噴射大生紛一次，因雨天常使此病感染，所以每雨之後即應噴藥。除外遭蜂釘的小瓜應予摘掉，「獨立瓜田」也應置餌防鼠。

香瓜大都在多雨的夏天栽種，因此結瓜期千萬不能疏忽雨後排水工作。香瓜從作畦後約一個半月即可結瓜生產，期間不長，若能依上述各點細心管理，相信與豐收相去不會太遠。（蔡丁耀 69.5.5）

成立老人俱樂部

由於社會型態的急速轉變，使得農業社會和樂融融的大家庭，隨著生活、工作的需要，而轉變為小家庭。絕大多數青少年，一離開學校就踏入社會，所以留在鄉村的，除了走不了的農耕者外，就是老人們了。

常去了含飴弄孫樂趣的老人們，再也無法享受充裕的天倫之樂。偌大的房子，也找不到大家廣的歡欣，老人們心靈上的寂寞，精神上的枯燥，可想而知。今日的社會給予老人們精神上的慰藉實在太少，尤其是鄉下。

目前部分鄉鎮在有心人士的策畫下，成立了老人俱樂部。這不僅使老人們有地方可以聚聚，也有年齡相若的同伴可以聊聊天，偶而舉辦國術、國樂、免棋、圍棋等民俗藝術，或郊遊、參觀等有益身心的活

動，對老人們不啻是一種「興奮劑」，是充實老人們精神食糧的好途徑，值得仿效和擴大推廣。（蔡丁耀 71.6.16）

怎樣使文化建設在農村紮根

一個現代化國家的國民，不僅要享受富足的物質生活，更重要的是享受健康的精神生活。加強文化建設，是要擴大基層民眾休閒活動的領域，並充實休閒活動的內容，以提高農民生活的品質。

近年來，農村經濟在政府大力推展加速農村建設下，呈現欣欣向榮的新氣象。居民物質生活大大地獲得改善，而精神生活却顯得很匱乏，因此，加緊農村文化建設，充實精神生活，提高居民生活素質，實為當務之急。然而怎樣使文化建設在農村紮根？我願提供幾點淺見供參考。

（一）加強已發展社區的維護及未發展社區的建設。如清潔生活環境，美化居住的場所，是文化建設中重要的一環，有關單位須注意加強改善。

（二）充分利用社區資源。求人不如求己，鼓勵社區熱心人士，提供圖書、遊樂場所、運動器材，供大眾閱覽及使用；或敦請學有專長者教授民俗技藝，以充實居民休閒生活內容。

（三）利用社區活動中心或學校辦理媽媽教室活動、母姐會、家長會及家長參觀教學日等活動。輔導民眾參加土風舞、民俗才藝、國民生活須知及禮儀範例、衛生保健、子女教養等，以提高生活品質。

（四）定期舉辦社區才藝、體育、語文、參觀活動，或農漁牧生產成果比賽，以激發社區民眾愛鄉、愛國的情操。

（五）有關單位應不斷的助充實社區內公共場所的各項設備，並加強評鑑，獎勵績優者，使文化建設切實在農村紮根。（二崙鄉中興路 7 巷 12 號　蔡丁耀 72.6.1）

簡化農貸・發展農業

當前農村經濟的繁榮，應歸功於政府對農民的照顧，諸如以保證價格收購餘糧，減免田賦，辦理各項農業貸款等，使農民得有充裕的資金，從事更多更好的農業生產而增加收益，農民都非常感激。

唯一令人遺憾的是，農貸並未普遍惠及真正需要資金的農友。究其原因，不是手續繁雜，就是要農地或房地產抵押，又要保證人，同時還得付出數千元的代書費等。篤實的農民，本來就不喜歡「三保六認」的惱人手續，加上繁複的貸款辦法，更使他們裹足不前，情願向民間高利借款，或以標會方式來周轉。

為使農民普遍享受農貸的實惠，應針對農貸各點予以改進，因此我認為：

（一）只要農民提出實際的創業計畫，並有農會証明及保証人擔保，即予貸款。

（二）農民有資產者，不限土地所有權，其他農業不動產証明或有保證人者，給予貸款。

（三）簡化貸款手續，並於各項貸款金融機構或農會設置代書服務處，為貸款農民免費填寫各種表格。

如此必能激發農民貸款的興趣，也使政府照顧農民的好意，收到真正的效果。（71.4.16 豐年）

騙人的「健康檢查」

自從母親過世之後，每週日必定抽空回家看老爸，或與他閒聊，或聽聽他年輕的軼事，及談論左鄰右舍發生的一些生活上的瑣事。

「被騙啦！被騙啦！」某天回家才一見面老爸就大聲嚷著。細問之下才知道是常到我們家的金水叔被騙了五千元。

金水叔是一位退休的公務員，為了作運動幾乎每天都騎了近一個鐘頭的腳踏車到我們家來跟家父泡茶聊天。有一天上午十點左右，門前停了一部轎車，走下一位穿著西裝手提公事包的年輕人，滿臉笑容的走向兩位正談得興高采烈的老人家，自稱是衛生單位派下來免費為老人作健康檢查的，凡經檢查有毛病的，政府將免費提供醫療服務。二老看他誠懇的樣子，不疑有他的讓他捏摸手腳關節、腰骨。家父一向機警，當他摸到裝錢的褲袋時，即以手壓著。年輕人見無法得手即向家父說：「恭喜老伯老康健，一切正常。可否送杯開水喝。」家父滿心歡喜的入內去倒水。

當家父倒好開水出來，那位年輕人已不知去向，家父正納悶時。「哎呀！上當了，五千元不見了。」金水叔驚異的叫了起來。原來歹徒支開父親去倒水的片刻，也為金水叔作了「健康檢查」，接著即說有事必須走就一溜煙的走了。

騙術一再翻新，花樣不一而足，而可惡的是向純樸節儉的老人下手，最是令人髮指，藉此提醒大家提高警覺，以免上當。（83.5.25 中華日報）

種瓜甘苦有誰知

每年七、八月間，當你路過二崙這個小鄉鎮時，第一個映入眼簾的，一定是道路兩旁一望無際的瓜田，一畦畦綠油油的瓜葉下，結滿無數黃橙橙的香瓜，或淡綠可口的美濃瓜。再就是，所有的大街、小巷、空地，幾乎都被買賣瓜果的「鐵牛」、施車及各型大小不同的貨車，塞得水洩不通。

經過此地的車輛常因道路阻塞而大擺長龍陣，客運班車經常被無以計數的運瓜車，擠得寸步難行，而造成「脫班」、「誤點」。車子被夾在熙熙攘攘的人潮裡，遭受炎陽煎熬的時刻是難受的，可是卻看不到他們焦急、憤怒的面孔，因為沿途賣瓜的農友、村婦都會自動的將香噴噴的瓜果往車窗裡送，大小不一的手臂，爭先的伸了出來，可是有誰真正瞭解栽瓜的甘苦呢？

二崙「瓜鄉」由來已久，由於這裡土壤適合瓜類生長，而結出的瓜果多，色澤鮮美，且瓜質甜香可口，是溽暑解渴佳品，因而名噪全省各地。每年一到這時候，各地慕「名」聞「香」而來的青果商雲湧而至，爭相採購，因此常為農友帶來一筆可觀的收入，栽種面積也跟著逐年增加了。

為了趕種夏季瓜果，增加「中間作」的收益，農友們一期稻作都使出「犧牲打」選種早生稻，以便提前栽種香瓜，趁早採收賣個好價格，而早生稻因種種因素的影響，產量常不如一般稻子高，熊魚不可兼得，只好捨稻而求瓜，期在夏季瓜產中撈上一筆了。

當五月中稻子垂下金黃的稻穗時，農友們就著手種瓜，或集中以塑膠袋裝上混合土育苗，或直接在稻行間挖出「土墩」下種。俟稻谷收割時，瓜苗即長有一個拳頭高了，接著，施肥、培土、作畦……等一連串的管理工作就如潮水的湧來，而將來瓜果是否豐收，端賴這段管理方法的良窳，所以這時候的工作最重要，也最辛苦。

瓜畦作好後，即將稻草覆蓋畦上，一則防止雜草叢生，二則避免瓜果被「土蟲」蛀傷而導致腐爛損失。為增加產量及提高瓜質，當瓜苗長出兩三葉時，即予「斷心」，促使瓜株迅速伸枝展葉；等瓜籐長至八、九節時，就得展開摘心工作。摘心大都在中午進行，以防斷處流汁太多而碍及瓜株生長，摘心工作看似輕鬆，做起來却不簡單，躬著腰行走在燙人的水溝中，飽受酷熱陽光的烤晒，宛如置身於蒸籠中，還得留意摘斷的最好地方，往往摘不到一畦，就熱汗淋漓，個中滋味實非他人所能領略的，也不是沒有耐心的人所能承受的。

瓜蔓長滿了瓜畦，葉子下就可看到簇簇的小黃花，靠根部的瓜籐上也開始結小瓜，距採收為期不遠，可是施肥、噴藥、蔬果等工作依然按部就班的進行，不能有絲毫的怠慢，才能保持產量和優良的品質。

「一分耕耘，一分收穫」，兩個月的辛苦過後，緊接著就是收瓜。採瓜是農友最賞心的樂事，也是種瓜過程中的大日子。一般隔日採瓜一次，每次遇到摘瓜的日子，常動員全家大小，天未破曉就帶著盛裝用具及搬運的拖車，浩浩蕩蕩的下田採瓜。大人摘瓜，小孩子則小心翼翼的撿瓜、搬瓜，一家人都忙得不亦樂乎。太陽一出來，翠綠的田野上就堆滿了金黃的瓜果，在旭日的照耀下，顯得光彩奪目。經過一番分級包裝之後，即裝運到附近的臨時市集出售。

由於瓜產逐年陡增，成千的賣瓜拖車都聚集在道路兩旁等待出售，果販如蜂蝶般的不停的穿梭在瓜車之間，選購他們心目中的「好瓜」。純樸的農友經不住他們三寸不爛之舌的「蓋」，就把整車血汗的結晶賣掉，當他們突破人車的重圍，踩著輕快的步伐臨風歸去時，每個人衣袋裡都塞著鼓鼓的鈔票，儘管汗流浹背，但他們的內心是「甜」的。

種瓜最忌水患，一片待收的瓜果，如果遇上一整天的雨，必定全功盡棄。今年天氣酷熱，滴雨未下，正合農友心意，不僅香瓜產量多，品質始終保持著令人垂涎的甜香可口，所以瓜價一直膾炙人口。難怪農友各個笑逐顏開，早把先前的辛勞拋出九霄雲外去了。（67.10.14 新生報）

節能減碳救地球

我怎樣繳納電費

時代不斷的進步，電氣造福人類的範圍也日益增廣，主管電力的臺灣電力公司，對於用電戶的服務，和適應用電戶的需要，也在不斷的謀求改善，使廣大用戶所有的不便與需要，都能得到圓滿的解決，這真是生活上的一種進步現象。

我家是一個公教人員家庭，我是個職業婦女，每天上午七點半，全家人上班的上班，上學的上學，整個白天幾乎都沒有人在家。在還沒有實施「定期收費制度」之前，常常為繳付電費而傷腦筋。有一次，為了避免收費員屢次白跑，依用電紀錄卡的用電度數計算，把電費委託鄰居的太太代為繳納。不料，這位太太臨時有事急忙的趕到南部去，竟沒有將繳電費的事交代家人。等到臺力公司派人來使「絕招」的時候，才知道電費沒有按時繳清，惹出麻煩來。後來為了這件事，每到繳付電費期間，就把我媽請到家來小住幾天，真是不勝其煩。

自從實施「定期收費制度」措施以來，可真給我們家帶來了方便，從此每月都有固定的抄表跟收費日期，還有電費計收方法。不但如此，服務所的負責人經過一兩次抄表和收費之後，不僅把負責區域內用電戶的職業記得牢牢的，甚至連用電戶的生活起居情形都摸得一清二楚。抄表和收費準在我們沒上班或下班在家時來。偶爾沒有遇上，他們就把抄表通知單或定期收費日期通知單（電費明細單），投進我們的信箱，以免失落而有麻煩，所以我們每次都能如期的完成繳費手續。自從前年我們租住的地方和我服務的機關同區後，服務所收費員如果到住所找不到人，就順便利用我們服務機關收費的時候，為我們收取電費，給我們很多方便。臺電服務員這種隨機應變的服務精神，實在是人己兩便。萬一我們事前沒有注意抄表通知單，或定期收費日期時，我們仍然有足夠的一個星期時間到服務所去繳納，服務所人員隨時都在候繳，隨到隨繳，一點兒也不覺得繳付電費的麻煩。

繼「定期收費制度」之後，臺電公司又為早出晚歸白天鎖門的用電戶解決繳費的困擾，施行了兩種經濟簡便的「委託銀行代繳電費」跟「預繳電費」的辦法。使我們可以斟酌自己的工作進度情形，或外出遠行的時候，對於繳費早作準備，選擇自己最方便的辦法來繳付，省掉了許多不必要的麻煩，也可使我們專心工作或盡情歡樂。目前一般鄉村用戶在鄉鎮農會或郵局都有儲蓄的習慣，而且時代逐漸轉進工商社會，時間就是金錢，如果臺電公司將來能把現有的「委託銀行代繳電費」辦法，擴大普及到鄉鎮農會或郵局，只要用電戶每月在存款領款時核對一下收據即可。這樣對臺電公司和用電戶都可省去繳收電費的許多麻煩，相信是一舉兩得，皆大歡喜的。（63.3.15 臺電、國語日報徵文第一名）

談竊電與用電安全

今天每個家庭都享受著價廉舒適的電氣化生活，因此，對於電力的需要也就分秒不可或缺了。近年來，主管電力的臺電公司，不但接二連三的增闢發電廠，充裕電力的供應；同時也不斷主動的革新業務，研究提供對用戶的最佳服務，並經常在技術方面提出安全用電指導，來滿足用戶需求和達到用電安全的境地。

可是，現在還有小部分不法之徒，為了貪圖幾塊錢的小便宜，或者是為自己一時的工作方便，竟然罔顧大眾利益和安全，擅自在供電線路上偷偷添裝用電設備接用電力，有的甚至在牆內或其他祕密處所，裝設「偷電」設備蓄意「偷電」。這種竊電行為，表面上看起來沒有甚麼危險，實際上已構成犯法罪行，輕的會使供電設備超載，直接影響鄰近用戶的電燈暗淡無光；重的常會造成電線走火，發生火災或不慎觸電而遭致傷亡。這樣不只是自家生命財產遭了殃，同時也會波及到鄰居，影響公眾的安全，而對國家也造成嚴重的損失。

從前我住的村子裏，就有一戶過著「電魚」生活的人家，為了避免每天把用完電的蓄電池送到街上電氣行充電的麻煩，和貪圖幾塊充電費用的便宜，竟在後院一間晦暗的棧房裏，裝置竊電設備，偷偷幹起竊電充電的勾當來。後來居然還以半價優待為口號，暗地招攬「電魚」的同行，把電池送到他家來充電，賺取「無本」的外快。一天傍晚，有人來取電池，主人恰巧不在，他唯一的男孩就模索的溜進那間黑漆漆的棧房，去拆取正充電的電池，結果碰觸到充電機上的線路，雙手遭受電擊嚴重灼傷，而終致殘廢，這是多麼悲慘的後果。

為了維護大眾的利益跟用電安全，臺電公司早就設有稽查竊電專責人員，但因供電地域不斷擴大，「查不勝查」，仍無法把所有竊電的人繩之以法。大家都知道，用電戶才是一個最精密有效而敏感的稽查網，有任何時間、地點，縱使那些不法之徒以巧妙的手法竊電，也無法不被發現。尤其婦女們在家時間較多，使用電力的機會也多，對自己住所附近電壓的強弱，知道得最清楚，如果發現異樣，就要通知臺電服務所注意明查。鄰近如有竊電違法的事情發生，也比較容易察覺。只要大家本著「維護大眾利益和安全人人有責」的精神，和電力公司密切合作，勇敢檢查竊電，一定能使稽查竊電工作收到事半功倍的效果。

此外，臺電公司如能把甚麼情形才算「偷電」行為，跟「偷電」要負的刑責和追償電費的情形，經常透過電視、廣播、報章或利用村里民大會詳加說明，都有助於遏止竊電行為的發生，對於維護公共用電安全和利益，同樣具有功效。（64.4.15 臺電、國語日報合辦徵文第二名）

漫談合理用電

「老師，林太然的爸爸有信給您。」上學期開學當天早晨一到教室，一個男生就高聲說。

「還不是為了換位置？」女生不屑的說。

果然不錯，每學期一開始，他的父親總是這樣要求我。

暑假中一次家庭訪問，特地到林太然的家，林老板老遠就親切的招呼著。走進室內一看偌大的房子，並沒有窗戶，牆壁一片漆黑，中間擺了一架長方形剪裁用的桌子，兩邊放了三張縫紉機。僅有的那盞燈是那麼陰暗，林太然就在那昏暗屋角的桌子上寫字，難怪每次編排座位時，都說他視力不好，要求我給他坐前排，原來他從小生活在「不合理照明」的環境中把眼睛搞壞了。再看看室內所有的電具，像電熨斗、電扇、電視機的插頭，幾乎都集中在一個插座上，這是多麼危險呀！這樣省電實在得不償失。

「林老板，我看府上的用電有改善的必要。」我忍不住開門見山的提出這個不容忽視的問題，好在他是開朗的人，我們也很熟。

「為甚麼？」他有些莫名其妙似的。

「裁縫是精細的工作，燈光要亮才好。不然，長期工作不但效率減低，精神也很快就會疲勞。燈炮和罩子上的灰塵要擦乾淨，牆的顏色也太暗，光線反射不好，燈光更顯枯黃，這都容易傷害眼睛，近視就是這樣造成的。」

「對呀，我一直想不通，祖先都沒有近視，我和太然幾個兄弟都近視，原來跟燈光有關係。」這才讓他恍然大悟。

班長王明的家就在鄰近，我順便進去瞭解一下他在家的生活情形。他家境不錯，滿房子都是現代化的電具，剛踏進大門就聽到音響播出優美的歌聲，可是却不見人影，我在客廳等了片刻，看到王明常跟同學提起那架「立即顯像」彩色電視機，大白天插頭也沒拔掉，這是多麼浪費電力。一會兒王明從後面走出來，他父母都不在家，一見我就忙著倒汽水。

「王明，你們冰箱放在那裏？」我看他來回往廚房跑。

「放在廚房。」

我信步跟到廚房，一眼就看到冰箱放置不對，於是我隨機告訴他：「冰箱是利用熱的交換原理，絕對避免日光直射，背面跟牆壁要保持十公分以上才會通風，更不可靠燈、爐等用電器具，散熱器應維持清潔，表面污穢會影響散熱效率，下面的蓄水盤要添滿清水，才能幫助散熱。儘量減少開冰箱的次數，放進冰箱的東西要先冷却，這樣就可大大減少冰箱馬達運轉時間，不但可以減少不必要的耗電，而且可以增長冰箱壽命，希望轉告你父親。」

返校日我把所見的一一向小朋友說明，並強調不用的電器要養成隨手關掉或拔去電源的習慣。同時提醒他們，合理的用電不但直接省國家能源，協助國家發展工業，繁榮經濟，也會減少家庭電費的開支，讓生活愉快，身體健康，一舉數得，希望他們協助家庭改進，暑假過後許多小朋友告訴我，他家的電費比上個月少了許多，家人非常高興，真是一件意外的收穫。

國小現有課本中關於用電的教材有限，內容也未盡完全切合使用各種電具的需要，教師們要把握隨機教學的機會，隨時灌輸各種電器合理使用方法及保養要領才好。（66.10.17 臺電、國語日報徵文第二名）

如何解決能源危機

自從六十二年發生世界能源危機以後，能源問題就一直受到全世界的重視。尤其近年來，世界人口不斷的增加，科技文明的發達，配合著國民所得及人們的生活水準逐日提高，許多電製品日新月異的推出，使得能源的消耗大幅的增高；另一方面，中東政情變化無端，使石油輸出量逐漸減少，油價因而節節上揚，因此，全世界各國不論貧富，都在設法盡力節約能源。

能源的充裕與否，直接影響到國家經濟的發展，本省受地理環境和天然條件的限制，能源蘊藏量不豐富，不論是煤，油或天然氣，大都依賴進口，因此面臨當前石油供應不足的局面，所受的影響就更大了。

政府為了因應目前全世界能源短缺的趨勢，早已採取各項措施，同時也要求全國上下節約能源，裨開源節流，共度能源危機。在各種能源當中，我們最常接觸的是用電問題。我國電力的發展稱得上是迅速的，本省電力的供應比光復初期增加了約三十倍，只是本省水力資源有限，全部發電都以火力為主，而火力發電大部分以進口的油料作燃料，所以節省用電就是節約能源。

據臺電公司指出：臺灣近年來工業發展迅速，電力供不應求，而電源開發不但需要龐大資金，建廠又相當費時，建造一座火力發電廠約需要四年，建造一座水力或核能電廠的時間就更久了。因之，臺電公司除了積極開發電源以外，特別呼籲各用電戶，共同響應推行節約能源運動，把節約下來的電力用在工業生產上，為國家創造更多的財富。

如何節約用電來解除能源危機，這絕不是喊口號，也不是翔實規劃而不實行可行，而必須要每一個人劍及履及，有始有終去力行，才能收到宏效。如何去實行，僅此將我個人淺見提供大家參考：

（一）一般民眾用電方面：①節約冷氣用電。②洗衣機盡量在早上八點以前或晚上十時以後使用，並且按最大洗衣量積多衣物，一次洗完。③採用既光亮又節省電的日光灯，少開燈泡。④洗完澡馬上將熱水器電源關閉。⑤養成隨手關燈的節儉美德。⑥加強各種電器的檢修及保養。

（二）工業用電方面：①工廠休假應盡量安排在週一至週六。②工廠設備的檢修，安排在夏季，以抑低臺電尖峰負荷，增加全面供電的可靠性。③盡量利用週一至週六，每天十一點至翌日七時正，或週日、國定假日全日的離峰電力，裨抑低生產成本，減輕臺電機組負荷。

（三）商業方面：①自動停用霓虹燈等商業廣告。②規定娛樂場所晚上營業時間。③縮短電視中午播報時間，僅作新聞及氣象報導。④商業電梯上下三樓以上才使用。⑤鼓勵生產省電的電器。

（四）臺電與政府方面：①實行日光節約，時鐘撥快一小時。②停止五千瓩以上電熱器的申請。③洽請地方政府路燈改隔盞點燃。④加強竊電緝查工作及改善配電設備，以減少損失。⑤利用大眾傳播工具經常灌輸使用能源常識及節約用電方法。⑥提高累進費率，取得優待制度。⑦積極開發核能發電，以期能源多元化，裨減輕對石油的依賴性。

總之，節約用電是一項長期性的運動，不僅要劍及履及去實行，同時也需要持久才能奏效。節約能源沒有什麼秘訣，只要大家徹底做到「該用則用，該省則省」力求經濟合理的原則，既使是省下一點一滴，只要徹底去做便能積少成多，細流成河，對緩和能源危機，繁榮國家經濟的貢獻卻是無限的。願我全國同胞同心協力，本著節約電力就是發展國家經濟，促進社會繁榮的大前提，徹實施節約用電。（69.5.17 北港青商會徵文第三名）

家庭省電要訣　隨處留意減少浪費

在科學昌明、工商業發達的今天，「電」很自然的成為我們每天生活中——衣、食、住、行不可或缺的「朋友」。誰都不可否認，今天每個家庭裏都擁有琳瑯滿目的電氣用具，由於電的幫助，使我們居家生活過得更方便也更舒適，對家事的處理也減輕不少。如果有一天失去了這個法寶—電，那我們婦女們就像失去雙手一樣的不知所措，無可諱言的，一般家庭主婦受「電」的恩惠最多，舉凡煮飯、做菜、洗衣……比比都是需要「電」的幫忙，因此用電的時間與機會，要比家裏任何人為多為長。所以一個家庭能否節約用電，家庭主婦實在是關鍵人物。

「你家的電費怎麼總是那麼少，到底有什麼竅門？」每次電力公司服務所人員來收電費時，主婦輩的同事，總是異口同聲的問著。其實節約用電並沒有什麼訣竅，只要做到用電經濟而合理，沒有絲毫的浪費，即可達成節約用電的目的。

我家是公教家庭，平常節約用電的情形是這樣的：

（一）溝通觀念：首先讓孩子們都瞭解節約用電對國家經濟建設的助益，孩子們有了這項認識，加上大人的以身作則，不僅能自動自發的減少一切不必要的用電，而且還會相互惕勵的養成隨手關燈的好習慣，共同為節約用電而努力。

（二）照明方面：將照明效率較差的普通燈泡，及客廳耗電多的美術燈，以既能省電又不刺激眼睛的日光燈取代。玄關、廁所一向通霄達旦的用燈，就寢時一律關掉。非有特殊需要，家人聚集一室共用一盞燈，即可以節省許多電力。

（三）電視機方面：我們在買彩色電視機時，即注意購買適合客廳大小、尺寸耗電較少的電晶體機種，並讓家人輪流選擇一、兩個有意義的節目觀賞，收看後立即將插頭拔掉，以免浪費電力。

（四）洗衣機的使用：除了趕時間以外，不然絕不動用洗衣機，即使是寒冬亦僅作脫水用，這樣不僅可以省電又可以運動筋骨，一舉兩得，因此，外子多次要我使用洗衣機，我還是堅持「相機運動」的理由不去用它。

（五）電器的維護：日常使用的電器，除按規定保養、擦拭外，還經常檢查，一有毛病馬上送修。每天臨睡前一定將所有的電器的開關檢查一次，以防浪費電力，又可保安全。

（六）「浩瀚江河來自涓涓細流」，只要大家能體認時艱，徹底的從小處著手實施節約用電，必能匯成很多電力，貢獻給國家發展經濟建設，同時也可以節省許多電費的開支，還能得到安全的保障，我們又何樂而不為呢？（69.6.15 中央日報）

對合理用電的認識

電帶動了工業的發展，也使每一個用戶在日常生活當中，都能享受到安全舒適的電氣化生活。雖然目前一般家庭電器的製造技術和品質都大有進步，可是因為使用數量多，種類又複雜，而使用的人卻大都是外行人，對電器的用法或性能沒有充分的認識，導致使用方法不當，而造成許多不合理的用電現象，這不僅浪費國家能源，增加家庭的開支，還可能招致意外的災禍。

所謂合理用電，我認為應該建立在不影響生活；不妨害健康；安全第一等條件之上。不然，像電燈明度不足而影響視力；冰箱冷度不夠壞了食物而失去營養；任意浪費電力而發生意外，如此豈不是得不償失嗎？茲將平日用電的一些心得，分述於后，以供參考：

一、照明用電：①不要無限度的提高照度，工作愈細或長時間工作；需要照度高的桌面或工作臺，宜採用局部照明；②採用壽命長，發光效率較高又省電的日光燈或水銀燈照明；③經常清拭燈管及燈具，以保持其應有的照度；④室內照明，最好採取間接取光，提高燈具高度，免得光線直射眼球，使人眼花撩亂；⑤日光燈管兩端生黑圈應即換新；⑥不用時隨手關燈，最好配裝自動點滅器。

二、電視機用電：①「立即顯像」型的電視機，不看時應該立即拔掉插頭；②選購耗電量較少的晶體或積體電路電視機；③配合房間大小，選購尺寸適宜的電視機；看電視的距離，以映像管對角長度的六倍為最適宜；④使用時聲音不可太大，並且管面應經常保持清潔；⑤電視機放置至少離壁十公分，以利散熱。

三、冰箱用電：①絕對避免日光直射於背面散熱器；②冰箱背面與牆壁應保持十公分，上面亦要留三十公分以上，以利通風散熱；同時不可靠近爐灶等熱源；③散熱器應經常保持清潔，表面污穢將影響散熱效率；④冰箱底下的蓄水盤應經常清理，並添滿清水，以藉水的蒸氣帶走交換出來的熱氣；⑤儘量減少開冰箱的次數，以保持內部的低溫；⑥放置冰箱的食物應待涼後再放入；⑦冰箱內食物儲藏不超過八成為宜，以保持空氣循環空間。

四、冷氣機用電：①選擇高效率的冷氣機；②室內應保持密封，且需做好隔熱設備；同時不宜放置發熱機器（如熱助爐、咖啡壺、電爐等）；③冷氣機安裝的位置要通風良好，且陽光照射不到；④冷氣機風口，應選沒有障礙物之處；⑤每月應清理空氣過濾器一至二次；⑥使用冷氣機時室內外溫度差在攝氏五度以內為佳，可加裝恆溫控制器控制之；⑦陽光直射的房間應掛上窗簾，頂樓及木板牆應添加隔熱材料，⑧冷氣機耗電量大，應堅守室內氣溫不到攝氏二十八度不開；開冷氣室內溫度不低於二十三度的原則；⑨每年做一次定期保養，清掃機內冷卻器與散熱器。

五、洗衣機用電：①洗衣機應放在平坦、乾燥之處，並接好地線；②控制適量衣物，避免洗衣機內衣物過多或過少；③普通衣料脫水時間應不超過三分鐘；④依照衣料種類適當調整洗滌時間；⑤利用日曬衣物，避免使用乾衣機；⑥多利用夜間洗衣。

六、電鍋用電：①選用適當人份的電鍋；②煮飯前三十分鐘先將米洗淨浸於鍋中；③開關跳開後十五分鐘，才可掀開鍋蓋；④經常保持電鍋裏外的清潔；⑤維護電線、插頭及自動開關性能。

七、電風扇用電：①擺放位置的背面最好寬敞、通風；②非有必要，電扇儘量開慢速較能省電；③離開應隨手關掉電源。

此外：①不要濫用雙連、三連或四連式插座，以免電線「超載」失火；②電源線或延伸線不能用太細的電線，一般電器至少要用零點七五 m/m 平方的；電熱用具或彩色電視，最好用一點二 m/m 平方以上的電線；③電熱器具使用完畢，立即切斷電源；④電動用具最好不要和視聽設備同一條路線，以免受到干擾；⑤電器應遠離潮濕的地方，以保持原有的性能，減少損壞。

以上所舉只是我們日常使用電具中犖犖大者，如果都能遵照這些用電原則，不只可使我們合理的用電，享受安全舒適的電氣化生活，還可以節省能源，我們何樂而不為呢？（76.1.19 中央日報）

不可忽視合理照明

近來有不少人將造成學生近視眼的原因，歸罪於「惡性補習」，然而，自從九年國民教育施行以來，「惡補」的風氣已緩和下來，為甚麼患近視眼的學生依然有增無減呢？無可諱言的，今日學生視力問題的日趨嚴重，患近視的學生人數急劇增加，推其原因不外用功過度，看書不當，燈光設計不良，照度不足。但最主要原因除了學校教室的照明光度不足外，一般家庭的照明光度，也都距離「合理照明」光度很遠。再者，就是近年來社會經濟快速發展，彩色電視機普及，學生在未入學前成天坐在電視機前看電視，忽略了姿勢、距離和收看時間，以致才國小一年級即患近視，實在令人痛心。因此，維護學生的視力，學校及家庭都責無旁貸，必須密切配合，共同負起這項不容忽視的重任。

目前除了一些早年建造的教室設計簡陋，屋簷低，窗子少，牆壁斑剝、灰暗，或因教室前面的樹木種得太近，枝葉過於茂盛，遮住了整個教室的光線，而造成教室採光不良，陰天室內一片昏黑之外，自從政府實施發展及改進國教五年計畫以來，已逐年將這類「過時」的教室一一拆除改建，對新建教室的採光，牆壁和天花板的粉刷，照明設備、課桌椅的更新，粉筆板的改善，都有明確的規定，使教室向「合理照明」邁進了一大步，使學生得以在舒適的照明下上課，這是多麼令人振奮的事。

遺憾的是，由於每個學校教室照明設備的合乎標準，學校經費的負擔也隨之增加，以致部分學校為節省電費的開支，不得不將正常的照明設備打了折扣，或是將已有的燈具僅開部分，而使電燈形同虛設，這個問題有待政府設置專款補助，使各校教室的照明設備都能夠充分發揮其功效，才不悖政府投下鉅資改善國教設備的本意，以確保學童眼睛的健康。

此外，教學環境的布置，及教具的運用，間接可以提高照明度，有助於學生視力，提高工作效率。如使用良好而不透明、反射，不刺眼的紙板；選擇白色的粉筆，適當的黑板，並保持板面的清潔；教科書應使用較大的字體，字行間應有適度的空間，不能太密；印刷務必清晰；板書或圖表，字跡力求較大且端正；教室應避免太陽光的直射。這樣都能使學生視覺感到舒適，對眼睛的健康都有裨益。

同時，我們也要呼籲家長們，除了要求省電外，更要注意合理的照明，才能使家人視力健康獲得保障。總之，要維護學生視力的健康，必須要有合理的照明，而合理照明有賴家長、學校及社會人士的通力合作，才能讓我們下一代，生活得更幸福、更健康。（70.11.1 中央日報）

颱風時用電安全措施

「老師，您看林保全的家真羞人，什麼事都是學我們學校王工友做的。」

暑假前一次勞動服務時，我班上小朋友將王工友鋸下大堆的樹枝收拾完畢後，大夥在樹底下休息時，綽號「油嘴」的丁一明大聲的嚷著。

大家不約而同的將眼光移向跟學校比鄰而居的一定林碾米工廠。果真如丁一明所說，林老闆正滿身大汗的幫著他家的工人，忙著修鋸他工廠後面那片高聳的木麻黃；另有兩名工人爬在工廠頂上，正使勁的用粗鉛線將那塊容易招風的大招牌捆緊、穩固，並將那些散落的木板，逐一加釘子釘牢。

這時候，一向不善言詞的林保全開腔了：「老師，丁一明胡說，我爸爸說他曾受過『電』的教訓，所以每年一到颱風季節來臨之前，為確保用電安全，除特地請臺電公司服務所的先生詳細檢查用電的安全，並請教應改應修的地方外，他一定要抽空停工一天，動員所有工人，將工廠及住家周圍接近電線的樹木一一砍除，招牌及迎風的門板，也特別綁緊釘牢，這是我爸爸每年這時候例行要做的工作，那裏是學工友的。」說到這兒，他像受了說不出的委屈似的。

「保全說得沒有錯。他家在七、八年前一次中度颱風來襲的夜裏，因工廠頂上蓋的石棉瓦沒有釘牢，被暴風颳落在工廠後面的院子裏，同時將通往工廠的電線打斷掉落在地上。那天晚上雨下得特別大，到處都是積水，水溝的水倒灌到他家剛生小豬的豬舍裏，母豬帶著小豬衝出豬籠，不幸碰觸了那一條掉落的電線，母豬及一羣活生生的小豬，全都遭受電擊而一隻無存。好在林老闆及早發現，先將掉落的電線撥開，然後打電話通知臺電服務所派人來修復，才免別人遭到傷害。林老闆就是受過這次慘痛的教訓之後，每年一定遵照臺灣電力公司特別為用戶擬定的『颱風季節用電應行防範注意事項』，事先做好準備工作，以減少颱風季節中無謂的損失。這些年來林家都能平安的度過每一個來勢洶洶的颱風，都是林老闆的『有備無患』所得。」林保全這一番訴苦，才使我想起這一件值得一提的往事。

「王工友所以每到暑假就冒著大熱天，將校園內的樹木鋸下。」接著說：「就是因為有次颱風來襲，風力特別兇猛，將沿校門的供電線路打斷，好在沒有招致意外。學校為顧及安全，所以每到颱風來臨前，都把所有的準備工作做妥當，以免造成危險和損失。」

「對！對！我爸爸和服務所的伯伯叔叔，每年快到颱風季節的時候，都雇請工人提著柴刀、刈刀，到服務轄區各處去砍除靠近電線的樹木，常常摸黑才回家。」父親在臺電服務所工作的黃明若有所悟的說：「颱風來的時候，我爸爸常不回家吃飯，日以繼夜，不眠不休的冒著暴風雨去搶修受損壞的線路，忙得不可開交。」

「不錯，每年的颱風季節，也是臺電公司工作人員最忙碌的時刻。為了確保供電安全，他們主動的加強沿線路兩旁低垂樹枝的砍除。所以我們每戶人家若能將自家高出的電視天線、招牌等，事先加以牢固、修改，不僅可以減少自己的損失，避免許多意外的危險，同時亦可減輕電力公司工作人員的負擔，還可以為國家節省許多不必要的開支。」

最後我告訴大家：「只要在颱風季節來臨前，早作防範措施，『多一份準備，少一份損失』，對人對己都有好處，我們應該切實去做才是。」（70.8.23中央日報）

談「合理用電」的益處

由於工商業日益繁榮，人們生活水準亦隨之普遍提高，每一個家庭都享受著舒適的電氣化生活。主管電力的臺電公司，除了不斷的興建發電廠，充裕電力供應之外，還不時提供最佳的服務，及技術的指導，使每一個用電戶均能在日常生活常中，享受安全方便的電器。

雖然目前一般家庭電器的製造技術和品質都大有進步，可是因為家庭電器，不只是使用數量繁多，種類也非常複雜。而使用的人卻大都是外行，對於電器用法或性能沒有充分常識，或根本就不細心留意，致使使用方法不當，自然很容易造成許多用電不合理的現象，這不僅浪費國家能源，可能還會招致不幸的後果。

從前，我班上有一位小朋友，每次調整座位時，都視力不好，要我讓他坐在前排。在一次家庭訪問中，發現他從小就生活在「不合理照明」的環境裏，把眼睛搞壞了。原來他的父親是個做裁縫的，一間偌大的房子沒有窗子，中間擺了一張長方形剪裁用的桌子，兩邊還放了三架縫紉機，却僅有一盞枯黃的電燈，他每天都在那昏暗的屋角的桌上讀書、寫字，因此年紀輕輕就患了嚴重的近視。最令人惋惜的是，他的姊姊曾以優異的成績考中師專，却因視力不及零點八而未得錄取。他的父親自己也戴著厚敦敦的近視眼鏡，竟誤以為是遺傳在作祟。

裁縫和讀書、寫字都屬於精細的工作，據專家說：生活起居空間越大，所需照明度相對的越多，如四疊的房間，至少要裝六十瓦燈泡，或三十瓦日光燈。工作愈細或工作時間越長，照明光度也要越多，不然，長期在黑暗環境中工作，不但效率減低，精神很快就會疲勞，也容易變成近視，影響健康，雖然節省了一點兒電費，也就得不償失了。

電力是國家重要資源，雖然我們用多少電，就要繳多少電費，但是養成隨手切斷不用電器的電流，對個人來說省了電費電安全；積少成多，對國家來說卻省了龐大的資源。何況若干電器不使用時還通著電流，可能還會招致災禍呢！如電熨斗，熨好衣服不中斷電流，越燒越熱，可能引起火災。

隨手關掉不用電器的電流，必須從小養成習慣，除父母、師長自幼慢慢誘導外，臺電公司如能常透過電視、廣播、報章、或利用村里民大會報導、說明；教育當局並把家庭常用電器正確合理使用方法，列入國小自然課程，讓學生分析、實驗；婦女們使用電器的機會較多，學校亦可利用母姊會，灌輸這方面的常識，對於合理用電收效必大。再者，各電器製造廠商出品的產品，必須精印使用說明書；經銷商應作定期服務，藉以指導正確合理的使用方法，如此必能使廣大羣眾享受安全合理的電器化生活，撙節不必要的用電，而發揮電力使用的最大效果。（66.3.17 中央日報）

我的用電心得

「哎喲，好危險啊！女人家怎麼能做這類工作？」

剛才電鍋還在煮飯，哲兒嚷著肚子餓，偷偷的又插上烤麵包機，結果負載過大保險絲燒斷了，正換保險絲時，隔壁林太太到我家來，一看就大聲的嚷著。

其實只要我們瞭解電的性質，平時留意各種電器的使用方法，這些普通的用電常識，婦女們一樣可以應付裕如，大可不必大驚小怪。何況在家庭電氣普遍化的今天，婦女於家庭中使用電器的機會比任何人都要多得多，如果不隨時充實安全用電的知識，而處處仰仗男人，豈不是很不方便嗎？

記得剛搬到現在住的房子時，由於一家人上學的上學、上班的上班，為使中午有較充裕的休息時間，午飯都在早上先煮好。有一天早上正準備上班的時候，突然嗅到一股橡皮燒焦的臭味，走進廚房一看，電鍋插座上的電線正起火往上燃燒著，心裏既害怕又緊張，趕忙奔到客廳將總開關拉下，這時才發現所用的保險絲太粗了，致使電線超載發熱起火。原來這間房子在我們搬進來之前，沒有人住，一家煤氣商接用這裏的電源，裝設馬達灌裝瓦斯，為了貪圖方便，就用了不合規定的保險絲。我們一時失察，差點闖下災禍，要不是及早發現，且旁邊沒有易燃物品，不然，後果真不堪設想。

從這次危險將造成的災禍之後，我們對這棟房子的電氣設備，一直放心不下，於是請電力公司的服務先生幫我們檢驗，結果發現室內線路太陳舊，也太簡陋，多數電線的絕緣表面不是破損，就是劣化了，根本無法負荷現有電器的需要，而且還有部分延伸線以花線接用，真是險象環生，叫人不寒而慄。

因此我們馬上請建設廳審查合格的「電器承裝商」重新裝設線路。為免重蹈覆轍，所有的線路都用按照規定規格的電線，並且在總開關的上頭，特別再裝設一個無熔線開關，另使用較粗規格的電線，專供廚房電鍋或烤麵包機等耗電量較大的電器使用，從此以後，我們在使用電器上再沒有出現過麻煩了。

「知性可以同居」，只要我們徹底瞭解電的性質，配上妥當的裝設，謹慎、正常的使用，經常檢查，隨時留意，那麼電一定是我們的好朋友，它就可以幫助我們過著多彩多姿、舒適快樂的電氣化生活。（67.10.8 中央日報）

農村節約能源　充分利用廢物

近年來本省工商業蓬勃發展，社會繁榮，人民富庶，國民生活水準普遍提高，尤其以家庭電氣化設備的增加，更是一日千里，過去被認為是奢侈、浪費的電器，現在已經成為家家戶戶日常生活不可或缺的必需品，諸如電鍋、電扇、電視、電冰箱、洗衣機等等，在市面上舉目可見的暢銷品。

農村在政府周全的改進農業建設政策之下，農業經營成本降低，而農作收益相對逐漸增加，使農村經濟呈現一片欣欣向榮的新氣象，不僅促進農業經營日趨機械化，農友們的生活也大有改善，每戶人家都普遍的享受著舒適、方便的電氣化生活。

我們家雖然也擁有一套齊全的電器，可是秉承著「勤儉、樸實」的莊稼本色，及「平日有儲蓄，急時不用愁」的庭訓，仍然保持著不隨便浪費的原則，像瓦斯爐、電鍋等若非趕時間，還是捨不得去動用它，而以農作殘遺物如稻稈、豆藤、竹木或碾米工廠廢棄的穀殼為燃料。如此不僅可以節省一筆開銷，而且可以充分利用廢物，亦是一種節儉的美德。現在一般農友都以電、瓦斯作燃料，而將這些可加以利用的農作殘株丟掉或燒燬，委實可惜，在能源缺乏的今天，若能善加利用，不啻是利己利人的好辦法。

鄉村樹木茂密，竹圍，防風林比比皆是，農友們如能利用農暇之際加以砍伐、修剪，不但可以美化綠化生活環境，還可以將鋸下的樹枝、木材、竹子晒乾作為燒水、煮飯的燃料，所剩木灰亦可為農作的肥料，豈不是一舉數得，大家又何樂而不為呢？

目前農村養豬事業鼎盛，新式的豬舍接二連三的在綠野間崛起，可是除了少數大規模養豬戶擁有廣闊的池塘可充分利用豬的排泄物，養殖魚類外，絕大多數的養豬戶都任其泗流，實在可惜，這不只不能利用還破壞環境的清潔，污染了水流，是衛生及警察當局最頭痛的事，倘若政府或鄉鎮農會能補助、輔導農友，將這些豬舍排泄物匯集來製造沼氣，轉變成燃料，或發電照照明，使養豬事業更現代化，不但可以節省一筆龐大的水電費開支，還可以改善鄉村衛生，在今天能源普遍短缺聲中，這種化廢物為能源的工作，實在是值得重視的一環。

再者，今天農業經營日趨全面機械化，而由於農戶耕作面積過於狹窄，造成人力、機械力的無謂浪費至鉅，政府有關單位若能輔導農友組成代耕、代噴農藥措施，策劃大規模經營方式，即可避免許多浪費，也是節約能源政策中，值得考慮的途徑。

農友們「日出而作，日入而息」，無暇吸收許多用電常識，一般說來合理用電的方法比較缺乏。因此還有部分農家仍然使用費電的燈泡照明，電器的使用還有許多需要改進的地方，如果電力公司能把握每年兩次的村里民大會，或社區、學校召開的媽媽教室活動機會，灌輸農友合理、節省用電的方法，相信是農友們所樂意接受，而收效也必定是宏大的。

臺灣受地理環境和天然條件的限制，能源的蘊藏量不豐富，不論是煤、石油或天然氣，大部分都依靠國外進口。發電可用的水力資源有限，發電以火力為主，而火力發電大部分仰賴進口的油料作燃料，在這石油供應銳減聲中，難免會受到影響，因此政府呼籲全國同胞節約用電，避免浪費電力就是節約能源。臺電公司除了積極開發電源外，特別呼籲各用電戶，共同響應，協助推行珍惜能源節約用電運動，把節省下來的電力用在工業生產，為國家創造更多財富。

總之，節約用電並不是一件困難的事，只要大家建立正確的觀念，以國家利益為大前提，本著節約用電就是發展國家經濟、促進社會繁榮的宗旨，每個人從自己生活的小處著手，以其他有用的物質來取代電力，養成隨手關燈，避免「室皆通明」的無謂浪費，自動停用裝飾燈，廣告燈等，進而影響家人、鄰居……使節約用電運動，由點而線而面，更徹底更有效的展開。浩瀚的江河來自涓涓細流，縱使是一點一滴的電力，只要大家團結一致節約用電，積少成多，必可匯成巨流，

對國家經濟的貢獻却是無限的，願全國同胞共同努力，徹底施行。（68 中央日報）

節約用電經驗談

有一天，臺電公司服務所的黃先生來收電費，跟鄰居太太們大夥就一一掏腰包繳費。接著大家就拿著收據一比電費，我家繳的最少，她們都覺得很驚奇，因為我們這幾家的人口大致一樣，而我繳的電費却比她們少了有三分之一，她們不約而同的要我告訴她們節省用電的祕訣。

其實節省用電並沒有什麼秘訣，只要徹底做到「該用則用」，力求經濟合理的用電，就是節省用電的最好方法了。

談起用電，數年前，我為了糾正孩子濫用電的習慣，實行了一項「用電計畫」，每月斟酌家人需要，預先訂下用電度數，非不得已絕不任意超過。剛開始的時候，外子及孩子們都不勝其煩，大叫吃不消，因為如非必要而用電時，我就像「內務班長」似的喊他們關掉。為了養成隨手關燈的習慣，如忘了關燈，我就要他們馬上去關，看起來的確是一件累贅。孩子們為提高注意，還特別在開關處了「隨手關燈」的小字條。「習慣成自然」，不到一個月全家人都養成了隨手關燈的好習慣。這些習慣的養成，使我對節約用電，收到意想不到的效果，一家人都感到高興。

前年，孩子吵著要買電視機，為恐破壞我們好不容易養成的好習慣，我就跟他們約法三章，對節目要審慎選擇，有意義的才看，不濫看那些惱人的廣告或沒有「深度」的節目。幾乎成為我專用的電冰箱，也勵行節約用電，物品取用及冷藏，盡量聚於一時，減少開冰箱的次數，以免耗電。雖然電具逐年增加，但由於一家人都隨時注意節約用電，因而用電的比率並沒有大幅的提高。

數年前，為響府政府節約能源的呼籲，我首先將我家那個「食量」特大的老電爐收藏起來。利用假日動員全家人把房子周圍那片茂密的榕樹鋸下來，曬乾了充當燒水用柴，以取代電爐。這雖不及電爐方便俐落，但是利用這些逐日長大的樹枝，不僅減輕了我們家每月電費的負擔，也使我們將環境修飾得整齊乾淨，好處可真不少呢？

此外，我們每年都請有執照的電匠，實施一次電具及屋內線路檢查，藉以維護用電安全，防止漏電或電器使用不良，避免意外災害及避免浪費電力。去年就在每年例行檢修時，我們將所有的燈泡，改裝燈光柔和、省電又不刺眼睛，照明度大的日光燈，使用一個月下來，用電量果真少了很多。

寒假期間，孩子都回來了，我建議響應政府節約能源的號召，改進過去人各一間唸書的浪費習慣，特地搬來幾張桌椅，讓他們聚在一堂切磋功課，以減少「室皆通明」的浪費。為此，我們一家也開始養成睡覺熄燈的習慣；走廊上、院子裏的照明，非有必要也不再通宵達旦的亮著。這些省電方法看似微不足道，但是每個月為我們節省了許多用電，却是鐵的事實。

總之，節約用電並不是一件困難的事，只要大家本著節約能源就是發展國家經濟；促進社會繁榮的大前提，每個人從自己生活的小處，持恆的、徹底的施行節約用電，縱使省下一點一滴的電力，積少成多，細流成河，對國家經濟的貢的獻却是無限的，願全體同胞共同努力，徹底施行。（68.5.7 中央日報）

改善用電設備可節省電費

「哎呀！你家的電費怎麼會那麼少？」

有一次臺電服務所的黃先生來收電費，鄰居的太太們一看到我拿的電費收據，異口同聲的問道。其實，每個月要節省幾十元電費的開支並不難，只要在日常生活中細心、耐心去做即可達成。

前幾年我們由租賃的房子搬到現在的住所時，為彌補因買房子所造成的「赤字」，決定撙節所有不必要的開支，當然，響應政府節約能源的措施，減少水電費的開支也列為當務之急。在未搬入新居之前，我們就參照臺電公司提供的各種節約用電的方法，徹底的改善用電的設施，以發揮電能的經濟效率。

首先，我們請合格的電匠，將整個舊腐蝕的室內線路，重新裝設切合家裏電器需要的線路及設施，以防漏電、耗電，並增加用電的安全。同時把房內原本灰黑的牆壁及天花板，分別漆成淡藍色及白色，這樣不但增加室內色調的美感，又可以反射光線，強化室內亮度，減少了所需要燈數。

接著，我們依房間的大小，在房子中間安裝適合照明的白色燈管的日光燈，以取代從前效率差的普通燈泡，利用牆壁多面的反射，提高照明效能。由於新居房子較以前寬敞，電冰箱也就不再擠進廚房，跟電視一樣特別注意通風，使空氣有良好的循環，促進散熱速度，減少耗電。

為了避免全室通明的電力浪費，我們在書房、廚房、工作間，需要近距離工作的地方，採用局部照明；其他如臥室、走廊、廁所等，不需要近距離工作的地方，則利用低燭光燈泡。為了配合孩子養成隨手關燈的習慣，在裝設線路時，特別設置「雙向」開關，以方便家人養成隨手切斷不用的電器電流的習慣，對於節省電力非常有用。

此外，對天天協助我工作的電鍋、洗衣機、冰箱的適當使用方法也格外留意，並不斷的吸取這方面的知識，轉授家人，俾求達到省電、安全的最大效果。外子每年暑假的燈具擦拭，冰箱壓縮機管圈的清除，電氣設備缺點的改善與電器的保養，以及家人養成同看一、兩種電視節目，和不看電視時立刻拉開電源的習慣，在在都是幫助我們節省用電的原因。

電力是國家的重要資源，用戶雖然用多少電繳多少電費，但是如果家家都能儘量減少電力的消耗，「浩瀚江河匯自涓涓細流」，使有限的力量集中於生產事業，間接的也是報國之道，我們何樂而不為呢？

（69.4.6 中央日報）

使用電器安全最重要

以電在現代生活中所扮演的角色，來比擬空氣、陽光和水同樣重要，實在一點也不為過。因為小自每位國民的日常生活，大至國家的各種建設，無一不和電力息息相關，那麼電對個人、對家庭、對國家的貢獻也就不想可知了。

電如同水一樣，可以載舟也可以沉舟，如果不留意用電的安全，電一樣可以給我們帶來無窮的禍害。鄰居王伯伯最近新建的樓房，正請人作室內裝潢，他老人家為了安全，天花板上的電線裝設，不僅雇用審查合格的電氣商，每條電線都套上塑膠管，完成後還請電力公司工作人員一一檢驗，經過「試電」。很多人都取笑他是「緊張大師」，電線都已經釘上天花板，既不被日晒，也不受雨淋，又無礙觀瞻，何必多此一舉花冤枉錢呢？「一朝被蛇咬，十年怕井繩」，孰知王伯伯十五年前在鄉下有過一次幾乎使他破產的慘痛教訓呢？

那是一個適合栽種洋菇的秋、冬季節，由於外銷洋菇行情看好，菇農收益不惡，因此栽種的人逐年增多，而且面積也不斷擴大。王伯伯是一個經驗老到的菇農，當然也不放過這大好機會。那年一入秋，立刻雇用大批工人，把屋後一分多產量不豐的蕃石榴砍除，全部搭建菇寮，準備撈上一筆。為增加洋菇的產量及改善品質，大量投下資金，新舊菇寮都鋪蓋塑膠布；為有效控制菇寮的溫度，就叫家裏的長工阿木，從舊菇寮搭架的線路接出電線到每棟新菇舍，在每棟菇寮的兩端裝設抽風機，並在菇床上裝置許多電燈，以方便採菇工作。由於王伯伯的菇寮設備現代化，規模又大，不僅產量多，品質也與眾不同，深受契約廠商的喜愛，大家都非常羨慕。

天有不測風雲，正值王伯伯的洋菇產量進入高峯的一天下午，天氣異常悶熱，王伯伯立即叫阿木把所有的抽風機打開，以免影響小洋菇的成長。入夜菇寮內溫度仍高，抽風機一直沒有關掉，終因電線負荷過重而導致走火，晚上風勢加大，菇寮都是易燃的竹子、稻草及塑膠，「乾柴烈火」使火勢兇猛，等到消防隊的救火車趕到時，不僅自己十數棟菇舍，變成一片灰燼，連鄰居黃叔叔八棟菇舍及兩座穀倉，也付之一炬，損失達一百多萬元。

經過電力公司及警察人員調察結果，失火的主要原因是線路裝配未經申請，亦未合規定；多處線路使用時間過久，絕緣表皮早已劣化破裂、脫落；為貪圖裝置方便，保險絲以銅線取代，且電線穿梭在稻草、塑膠等易燃物之間。綜觀以上各點，都是人為的錯誤，也是一般人最容易犯的毛病。王伯伯瞭解肇禍的原因之後，一點也不怨天尤人，變賣田產賠償黃家損失，一切重新做起，經過十多年的努力，終於又爬起來，從此對用電再不敢掉以輕心了。（69.5.4 中央日報）

節省電力從小處著手

暑假中，黃村長在果園裏新建的房子落成，再三要我過去幫忙，跟黃村長是多年的老朋友，義不容辭，只得照辦。黃村長以前在街上開礦油行，一天中午廚房一個插座上連插了好幾個插頭，以致電線「超載」走火，王太太忙著照顧店面生意，等到她發現時，大火很快的蔓延到儲油的房子，一時火光漫天，救火車趕到時，已經波及兩旁的鄰居。

黃村長眼見大禍臨頭，只好忍痛將唯一謀生的店鋪賣掉，賠償鄰居的損失，自個搬回鄉下的果寮居住。從此專心研究柳丁的栽培、管理。果園在他細心和耐心的經營下，生產的柳丁品質好，產量多，賣的價錢比別人高，數年來黃村長掙了不少錢。眼看孩子都快娶媳婦了，所以就將那棟住了近十年，又矮又破的果寮拆除，改建為兩層樓新房。

「黃村長，這麼大筆的錢都花了，怎麼還節省那些燈具的錢呢？」看見這棟外表設計別緻、大方的大樓，心想內部的裝潢一定堂皇、氣派，踏進客廳一看，裏面的裝設還算典雅，唯一的特色就是，每個房間都裝著日光燈，沒有豪華的美術燈、壁燈，我詫異的問。

「老弟啊，你是知道的，那些裝飾燈又貴又耗電，照明效果又差，裝門面只是一時的，電費的負擔却是長期的。」黃村長一五一十的說明：「很多人為了充門面、講氣派，花了不少錢裝設了華麗繽紛的燈具，最後還不是又裝上實用的日光燈，我們何必花那筆冤枉錢呢？」

「瓦斯、電熱水器多方便，幹嘛還砍柴呢？」有一天晚上我有事找黃村長，只見大門和屋後的日光燈亮著，偌大的樓房却一片漆黑，摸索到屋後，來他倆夫婦正忙著整理修剪下來的樹枝。

「對不起，對不起，房子沒有人在就把燈熄了，這些樹枝丟掉可惜，砍短些，天冷了好燒水。」黃村長揩著臉上的汗水笑著說。

我班上學生黃雄的家就在鄰近，我順便進去瞭解一下他在家的生活情形。他家境不錯，滿房子都是現代化的電具，剛踏進大門就聽到電視的喧嚷聲，却看不到人影，環視一下房子，每個房間都亮著燈，我在客廳等了片刻，黃雄兄弟倆才匆匆忙忙的從外頭跑進來。他的父母都不在家，兄弟倆正看電視時，一聽賣藥的宣傳車叫聲，電視、電燈都顧不得關，就衝出去看熱鬧，這是多麼浪費電力。

「全家人在一起看電視時，其他房間的燈都要關掉。」我隨機告訴他倆：「立即顯像的彩色電視機耗電量大，不看時除了要隨手關閉外，還要拔掉電源，才不致浪費電力，也避免造成危險。」

返校日我將所見一一向小朋友說明，同時提醒他們節約用電，不僅為國家節省能源，協助發展工業，繁榮經濟；還可以減少家裏電費的 開支。我同時告訴他們：不必要的電燈應隨手關閉；電視機或收音機不用時立即拔去插頭；採用照明功率高的日光燈；洗衣機以最大的洗衣量一次洗濯；讀書、寫字集中在一個房間，這樣一定可以節省用電，希望大家協助家庭試試看。

開學時，許多小朋友告訴我，他們家的電費比上個月少了許多，家人都很高興。

現在國小課本中有關於電的教材有限，內容也不盡完全切合使用日新月異的電具需要，教師們如能時時把握活教材和隨機教學的機會，不時灌輸正確、合理的用電方法，自幼培養「隨手關燈」的好習慣，相信對節約能源的貢獻一定可觀的。（70.4.19 中央日報）

節約能源・人人有責

能源是發展工業、繁榮經濟的原動力，能源的充裕與否，直接影響到國家的經濟發展。近年來由於石油輸出國家接二連三的提高油價，對於世界各國的經濟成長已經構成了嚴重的威脅。尤其在一切生活講求電氣化的今天，能源的消耗隨之大量增加，因此全世界都在盡力設法謀求對策——節約能源，以緩和能源短少所帶來的種種問題。

能源危機雖然是國際性的，然以臺灣地區因受地理環境及天然條件的限制，能源蘊藏不豐富，不論是媒、油、天然氣等，多依賴進口，所以面臨當前油價節節上揚的局面，對我們的壓力自然較其他國家為甚，唯一有效的辦法，就是節約能源了。

世界工業先進國家能源的需求量，大致都與國民生產毛額增加的百分比相近，而我們對能源的需求量却超出不少，可見我們在能源使用上顯著浪費，因此節約能源是我們當務之急。蔣總統曾指示：「能源能否充分供應，為我國今天經濟持續成長的關鍵。」我全體國民應以愛國之心，救國之念，共體時艱，以節約能源為共同的職責，上下一心，做好節約能源工作，把節省下來的能源用在工業生產上，為國家創造更多的財富。

節約能源不是喊口號，寫標語可成，而必須全國上下，每一個人劍及履及去力行，才能收到實效。如何才能達到全民節約能源的效果呢？謹將個人淺見提供有關單位及大家參考：

（一）政府與臺電方面：①利用大眾傳播工具，經常灌輸節約能源的常識及方法。②停止接受五瓩以上電熱水爐用電申請。③加強竊電查緝工作，及輸配電設備的改善，以減少損失。④依據「能源管理法」劃分督導面，分層負責，徹底管制能源的使用，以收宏效。⑤貫徹獎懲方式節約能源，並追蹤統計公家機關每月用電度數。⑥大幅提高累進費率，取銷優待制度，裨達到「以價制量」的效果。⑦輔助發展高級精密及機械工業，改善工業結構。⑧採能源多元化政策，減輕對石油的依賴性。

（二）農業用電方面：①需要靠電力馬達抽水種水稻的田地，改種蔬菜或其他同等效益的農作物。②動力農機具必須做不定期保養，以免損壞，浪費能源。③利用農業副產物如稻草、穀殼、枯枝落葉等廢物充作燃料。④用完後的耕耘機等農機具，或需要洗淨的農產品，儘量利用汲水溝洗刷。⑤利用養豬排棄的豬尿糞製造沼氣，供做煮飯炒菜的燃料，以減少瓦斯及電費的開支。⑥充分利用太陽能，農作物收穫時留意氣象報告宜選晴天，以節省乾燥機或烘焙機所費的電力。

（三）工業用電方面：①工廠休假儘量安排在週一至週六。②工廠設備的檢修宜安排在夏季，以抑低電力尖峯負荷。③儘量利用離峯電力，以抑低生產成本，減輕臺電機組的負荷。④淘汰老舊耗電、耗油量大的機器。⑤對員工實施節約能源教育。⑥獎勵製造省電功能大的電器或機器。

（四）商業用電方面：①自動限用霓虹燈等商業廣告燈。②限制遊樂場所及公共場所晚上營業時間。③鼓勵乘坐大眾交通工具，對於耗油量大的大型轎車課以高稅。④商業大樓上下三樓以上才使用電梯，一、二樓間以步行登樓，一則健康，二則省電。⑤縮短電視中午播映時間，僅作新聞及氣象報導。⑥出售電器宜作售後服務。

（五）一般民眾用電方面：①節約冷氣用電。②洗完澡隨即將熱水器電源或瓦斯關閉。③洗衣機儘量在早上八點前或晚上十點後使用；並按最大洗衣量，積滿衣物一次洗濯。④改裝普通燈泡，使用既光亮又省電的日光燈。⑤利用洗衣後的廢水洗擦地板或家具。⑥儘量少用電爐或電熱器。⑦養成隨手關燈、關水的好習慣。⑧加強各種電器的檢修及保養。

「一滴汽油、一滴血」，節約能源只要大家共同體認力行，每個人從小處著手，每個家庭時刻留意，大家同心協力共同支持政府節約能源的號召：「減一分享受，增一分能源；多一分能源，厚一分國力。」在生活上徹底做到「該用則用，該省當省」的原則，必能達成節約能源的目標。（70.1.11 中央日報）

隨手關掉電源開關

近年來本省工商發達，社會經濟富庶，國民生活水準普遍提高，尤以家庭電器設備的增加，更是一日千里，過去被認為是奢侈的電器，現在已成為家家戶戶日常生活不可或缺的必需品，像電鍋、電扇、冰箱、洗衣機等都是市面上舉目可見的暢銷品。我們在使用電力時，除了安全、便利和舒適外，並且還要不浪費才符合節約用電的要求。

經常從報章看到許多因電而引起的意外，諸如：電線走火、電視機爆炸等，仔細追究，都不難發現大多是平時沒有養成節約用電的習慣而惹災禍。

幾年前，鄰居黃伯伯就是沒有養成隨手關掉電源的習慣，招來一場大災禍，損失慘重，後悔莫及。

他家是大養豬戶，每天早得以馬達抽水沖洗豬舍糞便。一天早晨，黃太太有急事回娘家，黃先生正在沖洗豬舍時，在臺中念高中的大孩子，急著要趕早班車回學校，黃先生顧不得關掉馬達開關，就匆匆忙忙騎著機車送孩子到鎮上搭車，然後又到飼料店訂購飼料，等他回來看到一大羣村人提著水桶集聚在他的豬舍時，才恍然明白過來，原來黃先生沒有隨手切開電源的習慣，平時都是黃太太幫忙照顧，他走後馬達繼續發動，抽水機不斷的抽水，結果因馬達連續轉動太久，電線因高熱而走火燃燒，由於黃家的豬舍在村郊，平時少有人注意，等到火燒起來為村人發現時，整個馬達及儲存飼料的房子已燒成灰燼，好在村人及時灌救，才未波及豬舍，否則真不堪設想。可惜那窩剛出生不久的小豬，因抽起來的水倒灌，天氣又冷，豬仔凍得僵硬的橫倒滿地，令人不忍卒睹。這就是平常沒有注意隨時切斷電源，所造成的不幸後果。

黃先生遭此橫禍之後，對於用電再也不敢掉以輕心，特別雇請具備專業知識的合格電氣承裝業者前來安裝。並且根據使用電器品的種類、規格和數量，選擇電線的粗細，計算使用容量，決定安培數，以取代以前雜亂如蜘蛛網的軟花線，裨避免電力的浪費，增加用電的安全同時把各種豬舍的燈具開關設在飼料間，以便隨時切斷電源，並且將豬舍圍上刺絲網，代替往常通宵達旦的水銀燈，以減少無謂的浪費。

從此以後一進黃先生的家，在每個開關處，即可看見用紅油漆寫成耀眼的「隨手切電源」五個大字，黃先生也常洋洋得意的向人家說：「隨手切電源」五個字，使他家節省不少電費的開支，也使用電安全無虞。（68.6.17 中央日報）

省電祕訣大公開

每次臺電服務所王先生來收電費之後，鄰居的太太們總喜歡相互詢問，交換一下彼此收據看看誰家的電費最少，真巧每次都是我家的最少，她們都很驚異，因為我們鄰近幾家都是「家庭計畫」的忠實戶，人口大致一樣，而我們家的電費卻比她們少了約五分之一，所以她們便一致要求我傳授節省用電的秘訣。

其實，節約用電的方法很多，人人都會，只要貫徹「該用則用，當省則省」的原則，力求經濟合理的用電，就是節省用電的最好方法了。

至於我怎樣節約用電，就是全家都恪遵下列幾項原則，謹此提出供作參考。

（一）一律採用不傷眼睛，而且照明度大又省電的日光燈。並改進以往人各一間的習慣，以減少「室皆通明」的浪費。

（二）養成隨手關燈的好習慣。這個習慣剛開始的時候，全家大小都不勝其煩，大叫吃不消，因為如非必要而濫用電時，我就像「內務班長」似的喊他們關掉，乍看起來的確是一件累贅。為了提醒他們注意，我還特地在各開關處貼了「請隨手關燈」的小字條。「習慣成自然」，不到一個月，全家人都養成了隨手關燈的習慣，對節約用電收效至大。

（三）精選電視節目。跟孩子們約法三章，維持「三不看」，那就是廣告不看、連續劇不沒有意義的節目不看。一家人共賞一、兩個有教育價值的節目，看完後隨手拔去插頭。

（四）減少使用電器時間。電冰箱幾乎成為我個人的專用品，食物的冷藏及取用，儘量湊在一起，以減少開門次數。而洗衣機也儘量將需洗衣服收集適量一次洗完。

（五）養成早睡早起，睡覺關燈的習慣。而院子、走廊上非有必不要亮燈。

（六）注意用電安全。用電器具一有毛病就即刻送電氣行修理，每隔一年就請領有執照的電匠來作一次電器及屋內線路的檢查，藉此維護用電安全，防止漏電或電器使用不良，避免浪費電力及防止意外災害。

節約用電並不是一件困難的事，只要每個人從自己生活小處著手，持之有恆去實行，縱使省下一點一滴的電力，但積少成多，集腋成裘，對國家經濟建設的貢獻却是無限的。（77.4.20 中央日報）

國家圖書館出版品預行編目（CIP）資料

抹不掉的影子 / 蔡丁耀著. -- 初版. -- 新北市：
華藝學術出版：華藝數位發行, 2013. 08

面； 公分

ISBN 978-986-5792-01-5 （平裝）

848.6 102014144

抹不掉的影子

作　　者／蔡丁耀
責任編輯／施鈺娟
美術編輯／林玫秀

發 行 人／陳建安
經　　理／范雅竹
發行業務／楊子朋
法律顧問／立暘法律事務所　歐宇倫律師
出　　版／華藝學術出版社（Airiti Press Inc.）
地址：234 新北市永和區成功路一段 80 號 18 樓
電話：(02)2926-6006　傳真：(02)2923-5151
服務信箱：press@airiti.com
發　行／華藝數位股份有限公司
戶名（郵局／銀行）：華藝數位股份有限公司
郵政劃撥帳號：50027465
銀行匯款帳號：045039022102（國泰世華銀行　中和分行）
ISBN ／ 978-986-5792-01-5
出版日期／ 2013 年 8 月初版
定價／新臺幣 360 元